U0068292

兼職詩人

謝顥

推薦序一：好的詩總宜淺斟細酌
—— 序謝顥《兼職詩人》

溫任平

　　謝川成的長公子謝顥的第二部詩集《兼職詩人》，收錄的是他2016年到2019年的詩作，2020年，他就作品修飾了少許。二十七歲的謝顥念博士，學術研究不免苦悶，我猜測詩可讓他宣洩情緒的鬱憤、心靈成長的苦難。可是對詩人，即使是兼職詩人，百年前艾略特《傳統與個人才具》（1919）的觀點仍然有用：

> 艾略特說：「詩不是放縱感情，是逃避感情，不是表現個性，而是泯滅個性。」（Poetry is not a turning loose of emotion, but an escape from emotion; it is not the expression of personality, but an escape from personality.）

　　我無意挾洋自重，嚴羽的《滄浪詩話》早就強調過「詩貴含蓄，忌直露」，比艾略特稍後誕生的中國詩人何其芳，作品細膩柔美，他成功迴避了囂張的事物和感情。我因此對謝顥能從感情的漩渦抽身出來的詩，特別感到興趣。謝顥用車的倒退，一個動作意象，寫出席葬禮：

> 眼前身後成群的陌生人
> 握手撫慰交換著人際網路的名片微信
> 一路燈光閃爍
> 車子倒退
> 我出席了一場
> 葬禮

「燈光閃爍」喻意人生的光明與黑暗，恰到好處，點到為止。詩本來就該如此，細部由散文去做。

詩可以逆向操作，像〈等車〉：「我看著這條路上來往的冷面／我聽著這喧嘩夾藏的輕泣／我轉換了對自己的同情／到第三人稱的遭遇／同情你的前途騰達／同情你的升職加薪／同情你的子女升學／同情你的一生輝煌」，從同情自己變成同情別人，等車、上班、工作、奮鬥，加薪升職飛黃騰達......可這些成就都得付出代價。這也是一種比較detached的、保持美學距離的寫法。〈寄往1993，掛號〉寫給自己，抒情恰好，沒有長吁短嘆；〈愚人節〉也是逆反操作。

詩人可從外在現象的反差，寫時代更迭：「這是一堆古書／古書堆疊在筆電旁／一輕一重／跨著不太遙遠的生成年代／古書不進博物院／吞入塵埃以前／記得內容拍照／莫忘轉換最清晰好讀的PDF／這時代交接的門把／轉開即擁有裡外年華」，隱含諷喻，露骨的批判容易淪為敗筆，「隱含」反而讓讀者有想像空間去咀嚼、體會。

《記一夜安眠》中間的部分處理得不慍不火：

踏著一路日記
走回
那東湖那片齊整蛙聲
回誦著那莊嚴的講稿
敘著
那難聊的家常

學業功課的「莊嚴」，與家常的「難聊」，讀者有所感，至於兩者之間的衝撞，甚至不必形諸筆墨。詩不必說得（太）明白，說得（太）明白就成為說明文或議論文。詩是李歐塔（J.F. Lyotard）淺斟細酌的「小敘事」（minor narrative）：這兒一個意象，那邊一個比

喻，這一節用上矛盾語，那一段像夢囈，這些文字湊在一起，居然成了立體，居然營造出張力對比。這便是詩，這就是詩的魅力。《觀夢》題目有些奇怪（怎麼可能觀夢），詩的內容合情合理：

> 我做了兩次夢
> 都是裡頭的閒客
> 一朝看了一場俗人吃茶喧鬧
> 一朝看了一次為人勞碌平生

虛中有實，寫自己在二十多歲對人生的認知，謝顥於2017年再觀照生命，幅度比較大：「你說這生命不是一場劇？／當觀眾離席／我獨留這破舊的台沿／為破朽的生命唱詩／這一唱幾十年直到忘了年歲／這一夢近百年直醒悟從來沒睡／一淚一淚之間消翳／一灘殘燭／長生不老／壽與天齊」，感慨較深，但是沒踩進「傷他悶透」（sentimentalism）的雷區，他懂得放鬆自己，帶著一臉壞笑自我調侃：「長生不老／壽與天齊」。人生本來就是一部難讀的書，而讀者多數在逾讀、誤讀、不及讀的過程中錯過。

我不鼓勵作者用極簡法寫詩。謝顥有一首題為〈期末考〉的詩，長達三十八行，如果我來寫，我可能只取前面一行的前設句：「如果現在放棄的話，寒假就開始了」分成兩行：

> 如果現在放棄的話
> 寒假就開始了

詩貴精簡，不一定是極簡，大幅的鋪敘，往往費時費力效果不彰，弔癮的兩行反映了期末考生的心理，或許更能帶給讀者懸念與驚奇。

詩集的最後一首詩〈這新世界，你不在〉末節五行探討夢、人生與責任，留下許多想像的空間：「我做了一場夢嗎？／山崖的絕筆非

我所書／無論夢與非夢／我得帶著慈悲／完善這一擔子的石刻」。夢是存在的不存在，它方便人們暫時放下現實進去寄寓，但是人總得從夢走出來，完成他的任務。

（2020年9月30日）

推薦序二：懷念楊牧，期望謝顥

湯銘哲

　　楊牧是我最欣賞的詩人，當年以葉珊為筆名，就讀東海大學四年之中，於大度山發表兩本詩學「水之湄」和「花季」。葉珊太瘦，後來改名楊牧。留學美國，走入學院派，成為一流的學者及華人世界最響亮的詩人。大度山是楊牧的青春浪漫啟蒙之地。楊牧之後，大度山再無詩壇上統領風騷的人物。

　　去年五月，我的臉書朋友東海大學研究生謝顥來成功大學參加「中國文字學會研討會」，順便約我見面，送了我一本他在2017年6月出版的詩集「秋的轉折」。我在東海大學擔任校長三年（2013－2016），原本期望學生之中，應該會有如葉珊楊牧之騷人墨客，鼓動文學的風起雲湧。可惜三年太短，希望成空。沒想到離開大度山之後，謝顥送來了一本詩集，讓我喜出望外，深覺大度山的人文後繼有人。

　　我對文學藝術，情有所鍾，當年為了推動東海大學的文藝復興，擔任校長之初，特別自香港中文大學延攬了童元方教授（哈佛大學文學博士），擔任文學院院長。也親自拜訪了最心儀的東海傑出校友，時居台北的楊牧先生。楊牧先生與夫人夏盈盈女士居住在敦化南路的現代寓所，窗明几淨，陽光煦煦。猶記得是2013年的春天上午，大師白淨的臉龐，配合溫文儒雅的語調，訴說如何復興東海的文藝。充滿人文的的對話，至今回想起來，仍有如沐春風的感受。可惜的是當年楊牧先生因為身體不適，無法接受東海大學的講座邀請。令人遺憾的是，楊牧先生已在今年初辭世，離開了我們。

　　從馬來西亞負責來台的謝顥，十五歲開始寫詩（怎麼跟楊牧一樣？），他的詩很抒情。由於馬國沒有秋天，他來台的第一首詩吟秋的詩名「血秋」，醞釀於他在台灣的第一個秋天，最後衍生了《秋的

轉折》一書。東海大學畢業後,他進了中文研究所碩士班,鑽研文字學,開始走上學術之路(和楊牧一樣)。2019年,他繼續深造,進入博士班,並參與學生會長的選舉,這是他縱身公共事務的勇敢選擇。博士之途乃是學術闊深的考驗,論文與詩的寫作是左右不同腦葉的殷勤產品。繼2017年之後,他再接再厲,推出第二本詩集「兼職詩人」,並請我為他作序。他說:「湯校長雖然出身醫學系,但也熱愛詩歌創作,亦是「桂冠與蛇杖:北醫詩人選的作者。」謝顥既然有期望於我,我亦有寄望於他。東海大學的綠色博雅,後繼需要有人,東海大學的文藝復興,也需要謝顥的努力,切莫妄自菲薄。

我相信楊牧先生天上有知,一定會同意我的期待!

推薦序三：樓之於詩
——海邊詩話話謝顥詩集《兼職詩人》

張錦忠

　　2017年，謝顥出版了他的第一本詩集《秋的轉折》，收入2013年至2016年間詩作七十首。那是他離開馬來西亞到台灣來以後的作品，大部分寫於他在東海大學中文系的讀書歲月。書名有「秋」，集中亦多秋冬之作，秋風秋雨多於春花夏月。季節嬗變是時間流轉的場景，也是寫詩的人的內心之境（inscape），離鄉背井的愁緒催促他到文學的想像世界去尋找詩思。

　　謝顥今年將他近三年來的詩作結集出版為《兼職詩人》。我所看到的詩稿其中一個版本一開始，就呈現一起（墜樓）「事件」（〈都市一起墜樓事件〉）。令我想起楊牧說的；「詩的意象，感慨，事件，對我而言，應該都是可以掌握的，可以理解的——」。那是當年洪範書店出版《張錯詩選》時，楊牧序的第一句話。張錯詩多劍的意象，故楊牧序以〈劍之於詩〉為題，闡發其詩觀。面對謝顥詩中的「墜樓事件」，我們不妨這樣詮釋——或反詮釋——其實「沒有」墜樓事件，沒有樓，只有最後一片落葉，落在地上，水中，猶如歷史的終結。我寧願這樣（反）詮釋，否則我們難免要詰問，沒有樓，何來事件？

　　我想起楊牧不是沒有道理的。上一個世紀的許多許多年前，當楊牧還叫葉珊的時候，有幾年的時間，是在大肚台地東側的東海大學度過的。我之認識東海、大度山，是在南中國海那邊的馬來半島東海岸小城，讀著《葉珊散文集》裡頭的大學生活，或讀他寫徐復觀這樣的東海老師（後來讀他的〈回憶徐復觀先生〉時我已去過東海大學了），遙想那個寫信給濟慈的年輕台灣詩人如何在草地、山坡與教室

之間，思索一首詩的完成，寫下〈花季〉裡頭的詩。許多年後有幾個夜晚及白天，我走在東海校園的時候，還在遙想當年葉珊看到的大度山的星空與樹。謝顯來台之前，想必對東海的文學氛圍有一番認識，其中必然包括葉珊。

想起楊牧與東海，當然是因為謝顯在東海念大學的時候，就出版了《秋的轉折》，也寫了大度山的星空與樹，以及大度山的秋天的陽光，只差沒像楊牧那樣給濟慈寫信。如果他給古人寫信，我想，比較可能會寫給中唐詩人李賀吧，因為他詩中除了秋意，還有許多墓碑那樣的金石意象。長吉也寫了不少**「閉門感秋風」**或**「秋風吹地百草乾」**的「秋涼詩」呢。

謝顯沒有在涼涼的秋天給濟慈或葉慈寫信，但集中不乏「寄簡體」詩。寫信給自己、寫給與戀人分手的友人、寫給陌生人、寫信傷逝、寫寄不出的信。這些信，或詩，無非是「感慨」之作。詩之起意，自是起於心有所感，引發感慨之情、景、物、時、人，或遠或近，或古或今，最能彰顯詩人之生命經驗與人生感悟。我們當能從「臨遷的候鳥再為你哀歌」或「那是一場夢境／直接把你送回南洋／療癒你的鄉愁」這樣的詩句看出詩人點出自己來自「南中國海的／熱帶土地」的身世。葉落雨落，季節嬗變，他鄉節慶，暗夜燈火，難免引發鄉愁——「自南鄉，飄來／將鄉愁當手信」。不過，對寫信或寫詩「交托青春」的年輕詩人而言，「在半島貫通全島的海上／寄託孤命殘言」這樣的話語，正如「寫我生命最後的詩意」之類的句子，也未免太感傷沉重了些。

《兼職詩人》也寫東海校園，例如〈錯過路思義〉，有大度山，也有東海湖（「今天不是大度山的終」、「水淺那東海湖」）等顯明指涉。詩中的說話者某日在校內德耀路漫步，悠然見路思義教堂，而以「錯過」破題，可謂「險急」。錯過路思義，如同「墜樓事件」，究竟是「有」還是「沒有」？有樓還是無樓？其中有真意，顯然有其可以提升到玄思的路徑，不過謝顯選擇的是徐志摩的修辭路數。

　　《兼職詩人》裡頭當然不是沒有樓。集中詩作有的寫於人文大樓（如〈無憶之想〉），有的是人文大樓出現詩中（如〈記一次讀書心得〉），有的寫樓梯間的空虛（〈迷樓〉），但樓之於謝詩，卻非意象，僅僅是作為詩中人「恰處」的現實空間的背景或前景，而非象徵，或終究未經營成事件，或寓言。或許對於謝顥而言，作為現實空間座標，樓的作用，僅僅在於告訴讀者一個登樓望遠的視角：「就在望盡台中市區的欄杆下⋯⋯」。

　　在台中大度山度過許多個秋天的謝顥，如今還繼續在東海大學深造，繼續尋找呈現詩裡頭的事件、感慨、意象的語言，繼續思索一首詩的完成。對我而言，《兼職詩人》裡的事件、感慨、意象，並不難掌握、理解，甚至是很容易掌握、理解，很大的原因來自於謝顥選擇了一種「明白曉暢⋯⋯，**借題抒意，寄託顯明**」（錢鍾書評長吉諷喻詩語）的書寫方式。但我讀這些詩，總試圖在字裡行間尋找那個空間的座標，試圖理解東海、大度山、台中這座城市之於寫詩的人，究竟衍生怎樣的氣韻，觸動了他的詩興，以內境再現外在世界之所感。此之所以樓之於「墜樓事件」必始於意象，而後方有事件可以借題，方可抒意寄託象徵。否則〈都市一起墜樓事件〉也可能是另一首〈無題327〉，反之亦然。

　　謝顥要我為《兼職詩人》寫幾句話，我也藉機說說自己的詩觀，並尋找詩意——借用黃錦樹最近一篇詩論的題目，畢竟又到了天涼好箇秋的季節。

　　　　　　　　　　　　　　　　　　（2020年9月20日於左營）

目次

第一篇 年

第二篇　無憶之想

第三篇　海航

第四篇　兼職詩人

第五篇　這是一個夏的啟程

第六篇 禮拜日

第七篇　廿一個夜

第八篇 你可以不必叫我基督徒

第一篇：年

年

還記得這隔著南中國海的
熱帶土地
這從泥地到繁華
都市冒著煙火
這大霧分劃季節
還在南國，如果你
期許這天象對真理慈悲
陷入寶島2016：
這風開啟了這寒終結了
航行在晨霧迷茫腳踏石泥清新
陷！拒絕這股吶喊
這是溫文儒雅讀書室的維護
是沾著蜜糖這戰鬥的賣場
明日頭條誰期待？
這泛泛之口
凡間
無力雕磨石碑名字
續寫當代春秋

（2016年12月26日）

期末考

「如果現在放棄的話，寒假就開始了」
你問我
文言小品的範圍
是不是那遼闊的海洋
是不是那遼闊的天邊
我說
那是一張船票
把你送回廣州去
讓你靜臥在成長的土地裡

我問你
西洋文學的筆記
你記了沒
至少那一丁點
值得我們臨刑前回光返照
你說
那是一場夢境
直接把你送回南洋
療癒你的鄉愁

我們都忘記了：
聲韻還卡在IPA
思想史還沒被思考
文選是一道遙遠燈台
或許

還有一些人例如我
還有一門文字學

我們都忽略了：
在海的遠邊
還有通識
或者公民
或者那些不知道為什麼選擇的李白詩
如果我們選擇死亡
煎熬是這死去的過程
蹂躪是這死亡的時間長度
如果我們選擇堅強活著
絕望是複習的進度
徬徨是學習的成果
我們都在海洋的漩渦中爭取那短暫的空氣
那淡去的陽光……

（2016年1月9日）

第二視角

看向落地玻璃

那一陣神蹟恰如日起月散

似龐大，無需牽掛

洗手做碗羹湯

甜酸苦辣自飲暢歡

我拾起一絲絲破碎的剪影

曬乾成萬年老茶輕品慢飲

飲中自有廣大的王國

即為君主亦屈身史官

不容那一切風吹的沙動

改寫王國的法律還叫天子與庶人同罪

也許有一天

這片玻璃肢體破碎

所觀望僅剩外景清境

讓筆墨登檯飛舞

寫那羹湯食譜

記那老茶陳香

（2017年1月19日，修訂於2020年2月12日）

我出席了一場葬禮

我出席了一場葬禮
彷彿是為你
那佛號如此安寧
不染俗氣
彷彿是我安葬在翌

我交給了他
一個無名的接待人員
空紙泛白就是這該唱的喪歌
請原諒我
這一手沾染不紅不黑墨汁
對漢字疏遠了
忘卻字母扭曲

這四四方方
框著一段歲月
往事安眠安詳入土
故人
他們是那麼稱呼你的
稱呼這過去
未來如斯呼喊

這窗外是雨，天為你哭泣
這門外是風，風探你路過
我不配命天

給你什麼優待
究竟我來了
脫下鞋子
畢恭畢敬來了

如果我走了，
便是過客
亦或許本當再來
見證你的葬儀？
或者帶上一顆劣質種子
讓你化為沃土
滋養生命的平等？

即便不是佛號也好
我不是虔誠的教徒
不是檀木的續香也罷
我不立命民間
這來賓那家屬
眼前身後成群的陌生人
握手撫慰交換著人際網路的名片微信
一路燈光閃爍
車子倒退
我出席了一場
葬禮

（2017年1月21日）

別後，七日

悄然的腳步輕盈
依稀感受你的清新的生命
在回憶裡重活苦海人生
備好了一座鐵船
啟航天地之邊沉江倒數之間
那復古的繩索待你解開
讓航行在寂寥邊陲
如同下墜
下墜無明未知
這聲聲午夜的沙沙輕步
提醒著逃難的時辰
直待悄然無聲
讓逃難成功
成功在顫抖慘笑
讓我為你葬送
如果不在軀殼道你別離
滾石壓平浮動新心境

（2017年1月28日　年初一於吉隆坡）

觀夢

我做了兩次夢
都是裡頭的閒客
一朝看了一場俗人吃茶喧鬧
一朝看了一次為人勞碌平生
厭惡逃開
追尋所謂的超凡生命
悄然走開
虛無中留一絲真誠的敬意
合棺入葬被澈底忘卻以前
這兩場夢夾雜千千萬萬絲
斷夢連連
終究是一條劣質破路
待心明其清笑開這一塵世
我的夢從我殘破的軀體，覺醒

（2017年2月18日，修訂於2020年2月10日）

當代懷古

偶爾，在大海跟前
我感受
這片燈火底下湖面撈月
這所謂
大自然陶冶心情
離塵世精神氣爽
就從一篇標楷體的現代散文去尋覓吧
憐我獨愛最貼近的繁華
讓最古的民族血
隔一虛線貫穿我的長流血脈
讓濫觴萬物的文明史
獨一身不羈續寫千古

（2017年2月24日，修訂於2020年2月3日）

逝年華

當清晰的湖鏡

沉澱

那燒不透的黑炭底

映上的年華花舞蝶

縱然過秋的清風

捲走那期盼你倩影的留在

晨曦眨眉落紅暮遲

臨遷的候鳥再為你哀歌

當星空背離旋月

閃過孤寂長夜

你如何不忍

為迷失的孤魂

點明安眠的墓土

（2017年3月3日）

關於生命的自問

搓一手泥香，
虛幻不實的溫
相映在塵飛的車龍都市
生命宛如
一次性的沙漏

我開著不再護體的鐵車
趕著第二生命的切換
錯過了幾次酒駕的橫禍
可惜萬分
寫我生命最後的詩意：

你似青草間散放的春
承載著秋色分明的過去
展望這夕陽
光輝掩蓋的醜惡罪孽
但叫我的放牧
流竄散亂
群羊領著令旗
我做旗下的孤魂奔亂

你說這生命不是一場劇？
當觀眾離席
我獨留這破舊的台沿
為破朽的生命唱詩

這一唱幾十年直到忘了年歲
這一夢近百年直醒悟從來沒睡
一淚一淚之間消翳
一灘殘燭
長生不老
壽與天齊

（2017年3月10日，修訂於2020年2月4日）

等車

我在這一天卸下了工作
在靈魂上增添了歸宿
在步伐上感覺了實地
我在這天呼吸著這城市的空氣
那污染的窒息的空氣
瀰漫著令人心動的自在
我停止了倒數生命的逝去
我停止了掙扎日曆的撕之難破
我停止了午夜的驚悚
不再凝視這短信兼任鬼差
開始欣賞牆上的壁畫
學會了正餐有了米飯
列出了一堆不知道典故的劇場音樂
彷彿自己貼金了藝術人生
我看著這條路上來往的冷面
我聽著這喧嘩夾藏的輕泣
我轉換了對自己的同情
到第三人稱的遭遇
同情你的前途騰達
同情你的升職加薪
同情你的子女升學
同情你的一生輝煌
人家說都市何必有寺廟
我就是隨行的法器
用慈悲敲敲打打

悠揚動聽
即是安眠的旋律
也為驚醒的棒喝
似虛似真之間
別錯過7點63號公車

（2017年3月14日）

安眠藥

這一入口，寧靜
呼吸間雨聲節奏散亂
似乎靜到了極致，更怕
一瞬間漆黑昏厥
多想想你的笑
翻過淡薄的相
錯過的不是這世界所，信任的良緣
榮獲交錯百千次的，兩向悄過
等待，這一刻長眠
這夢將雜亂的
喜哀徬徨
歸位齊整，掃抹塵埃
這世界將再次回歸
敗將的統帥
寧靜
寧靜
這雨聲
敲
擊
。

寄往1993，掛號

想給你寫封信
細細削起鉛筆
凝重莊嚴留下扭曲的字體
那邊淺的摺痕
是最神聖的封口

怕你沒收到
我舉起了藍墨汁的圓珠筆
在正式的信紙上
留一整個青春的季末
盼著白鴿降下授命

又該寫信了
鋼筆灌好了墨水，想起
我從未學習寫出標準的地址
顫抖的書體取代了輕嘆
空白的信隨著飽滿的信封
航去

終究這封信到了哪一個綠洲
電腦裡萬般資訊答不了
標楷體的誠意
斜體的藝術
帶著一種所謂的科技浪漫
我再寫了一封信

假設寄得出
而你看得到
讓你經歷在這23年亂步快走中
當我跟前，回信

（2017年5月4日）

按：生於1993年，2017年（即23歲時），為自己這些年來的淺薄經
　　歷，寫詩為記。

過客的使命

我選擇了過客的使命

路過了陌里

也路過了故鄉

我不能流暢敘說家園的族語

也無法聽懂外鄉的俚語

我只能用一口讓大家似懂非懂

帶著真情的官話問好

把水流留給了心河流動

讓清淨傾覆在都市輕飄

你問我，是什麼樣的飄零

要選擇過客的使命？

水中尋覓不著蒹葭

唯獨冰山捍抗狂嘯奔走

聽不見天籟地籟的絕響

只有五金敲擊在漫漫喧嘩

那已經淡忘的

被定為三百首以前唐代的年華

那不複重現的

詩詞可以歌唱的宋元

我已經無法殘酷地聆聽

一個王朝緊接一個民主年華的悲歌

無法獰著歡笑讚頌

一段文化承接一個國風衰敗的俗祭

我只剩下最後一把自卿雲雨落的沃土

讓我穿插在一個又一個破敗的祖墳
灑在樟樹失落的一顆子嗣

（2017年5月7日於台中長榮桂冠飯店）

第二篇：無憶之想

無憶之想

我在荊門的時空
遙聽楚地曾有的國樂
若你恰處人文大樓
願此風不掀深鎖心晨
你傾聽也好
獨立也罷
但願這陣輕吟不續重現
你轉身也好
留下也罷
這陣秋末沉愁拖曳
如果濠梁誤讀了無為
就讓我坐忘在殘卷破片
讓亡朝吞滅了我
蝴蝶續著前夢散飛
你在意也好
默禱也罷
踏踩這舞步攜雅樂殺戮
你忍心也好
無情也罷
我寫的詩文唱不成天籟
續寫也好
停筆也罷

讓輕逝的生命縫成一捏燭芯
遺言點燃一切的源頭

（2017年4月28日於東海人文大樓）

記一夜安眠

今夜不再寒風吹起
抓起夏天這星塵
用雲遮蓋著
我只剩下一手捏碎的草稿
盼望這月缺掛你上方清瑩

踏著一路日記
走回
那東湖那片齊整蛙聲
回誦著那莊嚴的講稿
敘著
那難聊的家常

但叫這夢比苦活著真
秒針血脈裡滴答
這月融進了長夜空無
又是一天
生命前行的奈何

（2017年5月1日於藝術街，修訂於2020年2月4日）

世代之門

這是一堆古書
古書堆疊在筆電旁
一輕一重
跨著不太遙遠的生成年代
古書不進博物院
吞入塵埃以前
記得內容拍照
莫忘轉換最清晰好讀的PDF
這時代交接的門把
轉開即擁有裡外年華

（2017年5月3日，修訂於2020年2月5日）

我們的時代

我們活在一個安平的時代
捷運匆匆人行蟻動
彷彿這每一天的積極正氣
延續著人類存活的動力
偶爾腥風血雨
新聞誦禱著全新的經文
也有的時候吹一陣社會的悲苦貧疾
下飯色香俱全
但也只能相信
我們就是活在一個安平的時代
無憂無慮地忘卻結餘和未來
相信著耕耘成就下一個馬雲
酒氣地癡狂夜店的墮落
鄙笑著又沉淪第三方鄙笑
狂歡節不再是一個年度的節慶
就在人行緩慢的夕陽之落
當影子同化在深夜
讓血流竄若熱流
歡喜接迎著
屬於我們的平安時代終結不了的
悲哀

希望

我所期待的毀滅

比你更澈底

懷抱著極大的絕望與哀慟

步伐不帶一絲猶豫

如果你要我說說

毀滅的規劃

選在最閒暇的午後

讓觸目心驚的這種種的慘絕人寰俗語用詞

化為科學精神的標準報告：

我要讓我的背景，毀滅

讓我們的所在，毀滅

讓這段前進的歷史，毀滅

讓你我記得起的過去與先人只留於文字的年華，毀滅

讓水也乾枯光不再照

星晨抱著黑夜，毀滅

讓民族的寓言，毀滅

讓上古的神話，毀滅

再舉例一千條你舉得出我說不盡的活例

併入的長城，毀滅

如果你自認和我到底理解了同一種毀滅

用銀河雕刻出這份固狀的希望

是一山一海的重生的希望

是灰燼中聚合鳳羽的希望

是你以為你不信我彷彿快淡忘
這希望背後再一波永恆的希望

（2017年5月17日，修訂於2020年2月5日）

由島至島

讓飛
托在海風之上
跨過南中國海
秋海棠依舊迢迢
唯有三千年問天到午後思索上帝
串起了回影拉過的
腳印
「你沒有長城」，「我廟守丹陽歲月」
「你不見黃河」，「長江自我心田沁流」
「你祖墳何在」，「就在我勤於行屍的肉身」
問不清
這一整本亂世的問句
容不得註解
不如當代竄改

（2017年5月18日）

按：「由島至島」是馬來西亞拉曼大學李樹枝老師之博士論文出
　　版成書之子題（2018，主題為《余光中對馬華作家的影響研
　　究》。李老師曾經為《秋的轉折》寫序，也多次以「由島至
　　島」之一項發揮馬、台兩地之文學關係，特以此詩致意。）

木枯

當在這個季節
忘卻了勞燕飛去的方向
留下輕輕的叩門聲
不過是自賞的癡人
敬古人一杯友誼
遙祝後浪破海直衝
沾在古樹的青木
屍身腐成天地的養分
逍遙中繼往開來

（2017年4月14日，修訂於2020年2月6日）

那封寫完的信

何必風雨下守著枯燈
推窗飛入
這朦朧融冰
灌溉這待長的天命
帶著
那封寫完的信
撒著餘燼
送別
那尊老邁詩翁
讓墨水擁著雨水
降落
讓大地吞噬我唯一題寫的
無名碑文

（2017年4月21日於藝術街）

一夜多季

如果還有十個太陽
必定是這風
吹了個九死一傷
這樹叢飛舞在半空
與冰庖共舞在深夜
這夜深，是寒冬
藉著秋的殺意失魂奔走
這夜深，是強颱
叫吶喊被掩蓋在草木凄聲慘叫
這夜深，是暴雨
洗滌了血污罪孽重生
順著這樣的季節雨晴
那小房燈火吞噬在夜的盡頭
搖曳的燈火，望前
持一支粉筆在夜空塗鴉

（2017年4月4日）

動情

撐起油紙傘
思考
在購物中心正中央
那雙雙訝異且帶冷淡的眼神
宛如年少遠眺世界
伊人孤立在側旁
悄然似潮退後細白的空殼
帶著無邪的純清
帶著不入世的潔淨
這秋季，不帶葉落
冬季不下冰霜
這淒清或不夠真實
這餘溫待伊期許
這江河留到血脈方來澎湃
溪流吸呼之間
實在的，還是俗世的歡曲
收起油紙傘
緩步
走到雨聲該來的所在
當作與伊暢敘的詩話

（2017年4月10日）

海航

大海是無情的
藉由這冰涼前行
成了花季盛放的避難所
讓風暴打散了日間的平息
讓水龍躍出海面的平淡
讓西下沉陽撫慰著不移航向
關於海洋的神話
聆聽太多
豐富了漩渦間一次又一次地存活
不去驗證是選擇
不去妄信亦是決定
一頁頁破敗日記繼續迎接一夜夜嶄新狂嘯
戰勝無數冰山
踏破沉船的魔咒
靜待曾經最美的礁石
在歲月罪傲然的年華
浮現
讓我與海
帆船與風
歲月與歌
在天父恩賜的古蹟
共朽

（2017年5月26日）

錯過路思義

在東海交託我生命的起初
不知道祢的存在
如若有離去的一天
亦不會與祢朝面告別

今天不是大度山上的終
是燕雀散飛的季節
伊人初識在漠然
揮別不帶停步
傲氣與慟然快步之間
隔了這季節零落的盎然年華
從此來歲
浪起水過

這肅然齊整幾近永遠的敬禮
在日間增了人氣
夜晚阻攔了孤獨
唯獨接受了注目的禮成
星空下參見
這人間的帳篷
是喜是哀
是更多的茫然
或走向滅亡的悲劇
託付在路過的偶然
從來聖名緊繫悲憫

水淺那東海湖
裝不著水龍火鳳
蛙聲隱現中
隔一海無盡空相間洗滌
洗滌手背手心血污的
承載
讓永恆復原著當前

假若祢願意
聆聽我
無法出口也不付諸想像的
禱告
是夢零散的失語
零散且真摯
祢一定是光
從人間凝聚到天國
透過矚目握住了時間
或仙境凡下
或精神高若期許暫昇
或左去下上十字血跡的沉重
夢裡巡迴
再赴烏托邦

清晨十七度的淡去
伊底帕斯沉淪的冥想
鏡燈之間骨甲之問
到底隨著對秋早在轉折間重啟

一艘新船的重啟
不經告別的重啟

若真離去了請寬恕我的狂妄
不留下腳步的道別
不帶著祭歌的道別
生活追憶留在我血脈的餘溫
神賜詩言永存流亡中漫步

（2017年5月27日於東海大學德耀路）

第三篇：海航

海航

大海是無情的
藉由這冰涼前行
成了花季盛放的避難所
讓風暴打散了日間的平息
讓水龍躍出海面的平淡
讓西下沉陽撫慰著不移航向

關於海洋的神話
聆聽太多
豐富了漩渦間一次又一次地存活
不去驗證是選擇
不去妄信亦是決定
一頁頁破敗日記繼續迎接一夜夜嶄新狂嘯
戰勝無數冰山
踏破沉船的魔咒
靜待曾經最美的礁石
在歲月罪傲然的年華
浮現
讓我與海
帆船與風
歲月與歌
在天父恩賜的古蹟
共朽

（2017年5月26日）

粽葉詩人

不過淡忘之間
綠衣之下
詩情顆粒沾黏
投江化水
成形遠在隔代
留一抹沉淪

（2017年5月30日　端午節）

啟示航走

月夜不過是平凡的清寧
在浪漫色彩豐富了神話
但叫你離去
離去這幾年荒廢的嘶喊
叫這夜徒留一聲聲倒數的悲歌
滴答之間屏息輕重

你是春秋消翳的一陣絕塵
帶著亡國前城牆的絕唱
散亂的史帛書簡
不見一絲殘墨

頂樓之上月影下
這時空奔走了無數哀鳴
我在這亂世挖掘最卑微的孤憤
用雜草寫下了留世的碑文
候鳥不必為我留下頌歌
彩蝶亦不必同情崗草

我要在這大地藍天全面翻新的未知年華
擁一錦囊滿懷的荷葉紅花
白衫日暖
又是風輕若雲

掌心不留一絲
俗世的哀慟

（2017年5月23日）

橋

我跨過寂清
在壯大的青石橋上
在淨流無聲的河上
如同走在獨木橋
孤身且戰兢

我從一個無人的城頭走到
那遙遠的空城門
在這座莊嚴依舊
淒清無比橋上
夕陽逝去那一瞬間
是那麼一個老翁
蹲坐著

釣著江雪或空等著諸侯？
鬆綁的草鞋向誰丟去？
不言不語是代表這世代的失望？
抑或代表這空寂的悲憫？

「我是活過春秋唯一的儲君
走遍了長城可以仰望的疆土
靜候永遠到不了也不願到的
登基日

我曾擁有的軍馬戰將
讓碧綠覆蓋著血紅的祭文
讓黃土瓦解了這片草原
再高築這座古城的青春
老若這座石橋
不死如這屍孤魂」

終究
橋的盡頭在腳下不踏實踩著
終究
這裡眾人喧嘩不見老者靜坐
我始終沒活在春秋的文墨
也不死在飛灰凡城
我只是繫好鞋帶的路人
緩慢而深遠
走完新史記的序篇

（2017年5月29日）

陌路

今天是萬國神祇受召的日子
滿天的白雲拍成了無數齊整團圈
東昇金光均衡撲滿上空
那風緩步得比時間還慢
詩人潦倒中賣畫的落筆
聖餐桌上一句句凡人一般喧嘩
議論著困惑著城府極深疑或是全然茫然無知
祥和啊那不安的思緒
掛在一張張無法預言的面相
無聲是最精確的預言家詩句
這座神殿沒有主人
從外頭神山神海般神潮洶湧
到裡頭外院內院舞廳的敘舊
無人之處僅有在未知
未知的一處角落
窄小而不帶聖光
不帶神旨降世肅然的天國饗樂
在罪人滴血的道路啊
艱辛且長遠
穿過了外圍通達了外院
不留一片話語不留一步猶豫
這內院不是終結
這階梯隱而不見
榮耀在卑微的屈伸當中
在純色的艷華共輝

在最後屏息的覺悟中
罪人非神飛不上昇天的旅程
眺望不著遠離俗世悲慟的曲末
傳言說道：
當人尋覓到
神祇尋覓不著的方圓
是開啟萬世疑惑的鑰匙
是搬下天國重建的聖訣
是神殿成了巨石
神人共享天地
比鄰久違至親不朽不終
水流常歌的歲月

（2017年6月1日）

別過芳鄰

在這突變的季節
你來，如同這場細雨
朦朧了我視野的前方
細刻出共渡的錯失
你帶著盛唐的年華
突至
披著民國以後這來自西方前端
怎地叫這歲月不悲於哀鐘？
祝賀，這段解開僅剩空無的深紅的結
忘卻纏著的亂
失憶中留一曲
史前的歌

（2017年6月3日，修訂於2020年2月6日）

結業季

揮灑在雨後的青雲
輕步在午後炎夏
那日曆飛揚
聽落在這歲的央正方
這季節佈滿落紅
融入土中別後再茁壯
一切的別離北中南西東
相聚在這世紀的光耀
成一座再高再高
天父膝下最聖潔榮耀的神塔
莎揚娜啦！
奉一句曾為風靡的道別式
讓你我他祝福中無忌遠遊
讓前史在肩上延續
步伐鑲在銅皮典籍上
讓海闊於東昇寶地
留一抹樸實的陌生
在文理兩旁
深根青木

（2017年6月6日）

文藝國度

這是一個文藝的國度啊！

那風也帶著感情

那秋也喊著詩話

路人用歌誦招呼日出月顯

星辰靜思在無名悄曲

無法愧對這樣一個文藝的國度

要讓民樂絕響在呼吸之間

浮雕之中

要讓這活著的意義

被後世奉養著滿懷敬意

於是從現在開始大家都要用最正規的方式來記載每一種藝術的語言

然後排成一排一排地整齊無比如同無瑕疵地軍隊列立在疆土的方框

當然不可忘記邀請最具備時代藝術精神的典範元老們一起齊聚一堂

把這些規矩地齊整的藝術品排出名次第一第二第三不留下半分失準

（2017年6月7日）

信號

這早該投火的信箋說書著
彷彿語畢畢安然燒逝
關於前座那一回首
那回首之前的輕喚
那之後的茫然
茫茫然在雪地糊帶冷
亭身作為雪人痛不自覺
日出化為大氣
逃離
這遙遙小窗逃離這迢迢小道
當莊子不再逍遙
無搶蕭然屍棄
當湖畔但剩蛙鳴
石心一抹餘灰

（2016年11月20日　斗南）

第四篇：兼職詩人

兼職詩人

我不是一位詩人
真要說
不過是一陣兼職的詩人
在工作執行的當下創作
領著卑微的日薪
分鐘如星，或時辰輪替
跨過了時代的天池一筆一畫在白紙上
寫字
別問我詩學的天空
別問我死生的哲理
我不過是哪一陣熱愛工作的
兼職詩人
下班就是要快樂逍遙
期許新工作階段的驚喜
前作吸在髓流
再忘個乾乾淨淨

（2017年6月9日）

科技史學

扭乾
曬在半空的太陽
枕在你後頸
換一個普世的溫柔形式
運作這個系統化的地球
究竟是史書成就了
這鍵盤敲響的年代亦或
數碼中容許世人檢視古人的遺物？
在數位化的電子書中
沖淡著這時空暫存的定位
太過沉重這集滿黃斑的深色封面！
讓我倒掛在史學長河上
啜吸
這太陽僅存的餘溫
這世代最後的喘息
都在一輪電源警示的光芒閃爍中
解體分化
組合死氣

（2017年6月14日）

雨季

這雨季逗留太久
彷彿
撒旦動搖著
期許彩虹的信仰
我立在傘下的水霧間
溼著肩頭與腳步
並行在歲月的奢華
這錶不再言談時間的意義
唯獨穩當長壽才是存活哲理
這自然不帶深情與信號
單純是一場溼答答
翩翩落的江河輪迴
如果你願前來
此刻
這雨值得揮霍著生命觀看著
感受著
讓人生的悲啊苦啊痛啊
冰冷的長夜時期
一次貫徹在墜珠打在身上的輕響
你或許會記得
我注定難忘
在抉擇與抉擇之間的亂流
拼合最後交叉的可能

盼望在日出的可能
落幕在虹造化的可能

（2017年6月15日）

信使

我是一個秋風的使者
拖起了皮箱送信
無論步伐朝著南北
一封封葉落寄託著何種思念？
就讓這些散放的思念
穿在這隨性而不失方向的歸途
將這秋沉重縫上
將過季的甜苦縫上
將使命的認可縫上
將最後一絲徬徨而不動盪的
水墨聯誼留個活結
縫上
我是狂人在田野中奔走
是枯樹穿戴自己的落葉過壽
是一個不合格的裁縫師在散亂的書堆找到剪刀
讓脫線的殘葉袍子　御風
在最後水之一方重逢
命！我命！

（2017年6月17日）

收信快樂

我寫了這封信
交托青春
寄望未來的那片迢迢雲天
這陣雨過等不過也好
這性命苦短跨不過未知的突襲
也罷
或許，
當雨落與墨跡擁在永恆
當信紙與土質化入長生
這當中
沒提到也提不到的
遺憾，或許浮現在追憶
或許在當代悲劇的小小城門
成形
當我該忘卻了這一拋首從年歲走到年歲
逼近盡頭
當我不及尋覓清夢一般你的存在傾談
信箋每一個字體與符號
願這時空不帶時差
總能趕上這卑微的賀語：
收信快樂

（2017年6月18日）

按：〈收信快樂〉靈感來自於《我可能不會愛你》的同名劇中劇，
由寶島國寶級演員金士傑與萬芳演出。如果真要將文學限定在
形式，在各類作品中我對劇最為陌生，即便文本慢慢稍微看多
了，劇作稍微看多了，似乎融入其中的速度還是極為緩慢。再
細部來說，甚至對文本的感知有了，對於真實戲劇卻似乎還差
了一段距離，也許這便是一種特殊且微妙的關係吧。

在第一次看到〈收信快樂〉的作品時，細節幾乎都記得了，但
就如同看著數學公式那樣，冷靜地掌握著，冷酷地記著，也不
知道這樣的作品在我記憶裡會在什麼時候被翻出來。

看來，也就是今天了吧，當他終於形成一首詩的養分。

記一次讀書心得

依然還在
這熟悉的人文大樓
在五樓小小一個轉彎處
這景物暗淡如狂雨的季節
灰氣朦朧帶著微微淡紫
這一切如此祥和如此不安
——一間間的研究室
虛空
沒有任何一本書任何研究者坐鎮的痕跡
沒有教授的名字掛著也沒鎖上任何一扇門
這忙碌的系上事務處也空得透光
那電梯那階梯那事務處的另一個階梯都成了冷冰冰的牆面
凝聚了奔跑者每一輪喘息的最後聲息
汗水沒了終止心跳彷彿脫軌
就在望盡台中市區的欄杆下
脫線在說書人嘮叨的無為郭象註解的逍遙
在朱熹嚴肅莊嚴的世界中聽著木魚聲中的
朗朗讀書聲

（2017年6月21日）

燭火

燈火，燈火
守護
跨過一世紀再一世紀學問的生命
化之油燈，消散在乾枯燈芯命終
化之殘燭，熔成玉石壁峰
這犧牲轟烈不轟烈亦便是如何！
或稍貴於米飯
或不彰顯在日中堂前
僅能在作為長夜續命的使者
作為晴天大地一切生成記載的墨水
守護
這一群又一群愚痴但堅毅
將樂趣隱於塵世上空
盡可能融入三五千年來無數的命題的討論與記載
盡可能留下往後三五千年之背於當世的歎息與期盼
這段歲月，鑄寫在屬於天下地上的公器
留在島與半島，跨海以外
留在皮囊未枯之時或矇矓以後的年華
祭祀在過去燭火未能眺望的天敬
致敬致謝，奉天承命
拜於帝父恩澤

（2017年6月26日，修訂於2019年11月17日）

志儒境道

在花謝底別過中依託
對伊不必悼別更無需相送
湊別
這隔世朦朧
相投在心鏡對照成悲情主義的
虛實相隔
隔行在兩道秋桑
騰飛雲天散佈
我當在真理的論爭中保一絲卑微的
猶豫優柔
不讓這長久定量的人生劇本
齊整雕塑

我從未
看過碧玉融成的淨湖
詩集觀賞柳枝隨著水動
不曾聽過天籟的絕響
五音盪漾中假裝脫俗地活著
或許江水才是青春的最愛
衝擊著逆流拍打著蕩漾
也或許登高才是對青年的不愧
踏平高石也待那洗落前逃離

灰燼蘊藏的火氣，何其令人喜愛！
孤憤散發的生命，何不奉上期盼！

（2017年6月29日，修訂於2019年11月17日）

普通人

不愛亦或不恨
欽佩轉降成了輕視
便是佈滿著那絕凡
空氣般沉悶存在著
人群交錯裡頭熟悉
又陌生般存在

當一切的交易，化入
雙方賴以生存的價值
或稱之養份，或糧草
啃咬著存活著恰如沙子
趴在流水底下滾動著
一時一刻延續著一日一夜

當保麗龍也成了圖騰，接納景仰和膜拜
當草稿被灌入了上帝，彷彿詩篇再現
當賭徒叼著大煙獰笑著闊論貶低第二性的俗話，
升格到了藝術情懷的忘我神境
————這些時刻何須假設？
投入了在你在我所看所聽
這殘酷時代中任何一個毫無特色的
平日

當一日逝去的新聞
留在史料的擇棄關頭

屬靈的生命你我
屬靈一般的普通
降下一切的色彩，普及在無色的鴻溝
依你依我
服從對這人界最普通的認定
延續著信仰中
忤逆的創建

（2017年6月30日）

大宗師

推最後的石門
悟代宗師絕學
任童心躍出
尋一團彩蝶翱翔
一步、一步
圓融成就，僅差了那一步
一步

你便是花叢間一清白玉
似此天地生成
粘貼朝代的故事
生年與之
但叫春秋相依
出關天壽
良日共聞聲頌

那生死，太急
這教堂肅穆墜地
鈴鐺的民俗，黃巾木劍
過大的香枝強熏著鼻息
迎那一瞬間
關乎生命情懷的岔路

「他彷彿還在學問中奮鬥
一轉眼成了那堂前低俗的

所謂遺像
我只知道如果他此刻是我
這軀殼解散如此瀟灑
何必拖著失聲殘鈴奔走？」

這悄然此刻，這伊人浮現
讓聖殿回歸到最樸實的靜的光的美
的那一股神聖的此刻當下，人間人世
唯獨尋覓著探索者你是真是暫？
是這白衣軀殼，這清淚夢迴？

如此榮幸，出關即是神居
而卑微如我，兒豈敢高於父的頭頂？
戴著階段性的覺悟的僧袍
謙下地躍下高台由伍肆叁貳……
如若你相信這平方平放著的
聖血啟發
你不再受命於天旨預言
是最後的編輯
最後的史官
最後的見證人

（2017年7月4日）

逢

雨在風
飄在靜俏
洗滌了沙石裡
帶餘溫的最後印記
這季節
不缺群人擁擠
少那一剎那
時間回望的重逢

（2017年7月6日）

詩人自白

也該重逢了
在那雲在雲的軌跡上
殺出一剎那長夜光明
也許伴隨著雷聲
亦或雨落
亦或
這苦悶生命設法總結的
翩翩文字
深沉在記憶挺好
或不颯然忘棄
柴米油鹽中遠航
起居覺覺間驅車
這世代不缺新史記或後現代漢書
紛亂的消耗歲月裡
留一截樸實真摯
零散飄然
瞭望在秋夜最暗處的
一紙
殘羽日記

(2017年7月7日)

過客的使命其二

我在廢置的城郭
尋覓到那不間斷的雨落溪流
刻寫著可以互動的書體
由靈龜到楚龜
解答著用事與世用國興朝敗的提問
我不在故鄉作老鄉
不在異鄉作新民
我謹在上帝偉大計畫的藍圖下
用一生年曆與日記之間的精粹
全一跡過客的使命
神聖而灑脫
極速又緩步
在半島貫通全島的海上放
寄託孤命殘言

（2017年7月9日）

按：〈過客的使命〉其一收錄於《秋的轉折》。「刻寫著可以互
　　動的書體」係指求神所用的甲骨文；「半島」係指馬來半島；
　　「全島」係指寶島台灣。

飛上殷商底雲端

燒滾著開水
思考著二十四秋經歷的
三五十排千禧年積累的議題

在苦茶泡好前的一刻
抓住了那由清晰到實在的長線
飛上了殷商的雲端
由死滅到新城倒敘視角般
觀看清代明朝以上曾有的生機

擺脫了纏著這民族的八股古文
亦或是喪失了
最樸實的文明濫觴的智慧？

把五種開頭的草稿看了一遍
揉爛成一紙煩悶
如同對伊
對這時代
對這復興周禮不足齊物逍遙無望的
所謂當代

（2017年7月10日）

混沌

收了這杯苦酒
讓生生世世，迷途的羔羊
在道的承載下救贖
不立文字
如果祢願意
在水流的一方
讓青石昇為火種
枯葉再現生機
燒著這沉落江底的破舟
啟航在洗禮
在火的洗禮中航行
我不願親見天使展翅而信
不願疾苦傷痛纏身而悔
由混沌到文明，文明到今時
今時到新世紀，新世紀就是混沌
灌溉著
這無形橋樑上的
茉莉與青苔
聖禱與光
化為一群飛絮
散飛
留一場淡然而穩固的
縫線

（2017年7月15日）

交杯酒

在春秋的平原
彈唱舒曼的詩人之戀
隔著年代以及地帶
送別
為你彈一曲驪歌
悠揚而久遠
瞬息在第四個夏始夏終
燈火嫣然
逍遙在這酒後宴客分散
一陣輕揚一陣
那一眨眼一生覺的一道分水嶺
斜掛兩重人字的雁飛
各帶一卷孤魂

（2017年7月17日）

第五篇：
這是一個夏的啟程

這是一個夏的啟程

在一個
秋的轉折後的終結
是夏燒著手上僅存的淒情
耕耘著勞動著
揮灑著汗水連好一座座長城
這風裡頭
有夢的廢墟
每一塊石板都曾承載著春秋的崩盤
在長城與廢墟的間隙
隔空在夢的生滅輪迴
一輪再一輪
帶著汗淚與共的進行式遺憾
踏步著對生命堅毅的責任與耐心
這是一個夏的啟程
秋逝去在朦朧虛幻
夏立命在沃土長耕

（2017年6月23日）

鄉愁吟

那過境的鄉愁啊
由起飛到降落
那過節的鄉愁啊
從高湯到圍爐
那過季的鄉愁啊
葉落又葉落東海風去何方？

這一起步晃過了多少記憶堆疊的茫然？
讓孤憤化作慎獨，浪客當起浪客
在島對島的協上方背起
這一泉沉落江底的逍遙
釋放！釋放！
放出那化鯤成鵬的水龍
雲霞底下對影成三
遨遊！遨遊！
用不同的名字和呼吸遨遊在南冥天池
留一軀棺槨合天合地的黃泥癡人
雨落綿綿兮群人共舞文明

那過境的鄉愁啊，境外跨過境外
那過節的鄉愁啊，守護首創狂歡節慶
那過季的鄉愁啊，季節花開在季節外

（2017年7月23日）

答詩

這是一個文藝的世代
詩的嘉年華
路人皆為才子，
歌唱在舞台繽紛
眾生均是伯樂，
齊樂在揮手晃動
為你的孤燈不足狂歡
寄君之銅鏡只瞥見性靈
若你我當逃離
這百花齊盛虛假的追憶
但叫沙土裡
留一曲能歌能唱能通天通往的鄉音
讓白浪記憶在朝陽
溫和而恆久
讓俗樂歌頌在該留下的所在
而我皈依在光緣起的朦朧

（2017年7月28日）

暴雨730

這陣城把風帶得零散
大地種植的汽車啊摩托
伴著不屬歲月凋零的葉落狂舞
敲蕩對你的呼喊不帶一絲回音
我只能選擇了在暴風起落的空檔
尋一方安身的所在放遊
那瓶中信啊盪漾的瓶中信

我深信飄零在午後
在紅茶亦或咖啡的餘溫中
在冬之旅的歌謠中進行著人生的譜曲
我深信在靜與動的相對論之空間細縫
我的堅毅的摸索始終忠誠地前進著
昂然踏步地前進
湊進了你的身影，或許
更隔閡在鄰里的茅舍小屋座下的暴江
細長還又更細長兮

這起飛算上了歲月揉碎了日記
飛揚在無比沉重的飛揚高空
苦等著降落，或稱之登陸
或簡單地卑微地
用一聲「回家」當作形容
這時代沒有猶豫的當下這生命揮霍只能在
虛無的空想

折起了手稿塗鴉的所謂靈性對話錄
放飛放逐放生放遊！

（2017年7月31日）

境遊花

我在天上與古人對酒
偶爾當回到人間看看
這一日邊境忽然你淡出清隱
這世間但種著仙界的花！
何苦纏緊著恆久，一斷兩邊散
但願相逢在節拍之間，短暫緊扣著再會

（2017年8月1日）

路

我走向這窄窄的隧道
即擠身左右又濕熱漆暗
唯獨路遙一方
光明如斯

如這般太初話語我背負著
燃著靈魂
建立一座不再有文字的書庫
我心中當有一個偉大的建構計劃
任何許人也不當愚昧阻擾
我要讓智慧開啟在人間
讓工人回歸到所建築的豪宅
讓農家踏入季後的耕田
在自己的果住自己的家
與人間一切共鄰而句

這天龍飛散的
不再是災禍也不為祥瑞
就是頭上清運腳下沃土清新平凡
放逐了羔羊與牧者
這篇自由天地的共存
這是烏托邦褪去了文獻的設想
是主祭司親自恭賀群人的時刻
是課後的鐘響

合一的逍遙諸子
飛入燦目的陽光裡

（2017年8月3日，修訂於2020年2月8日）

喪鐘在為誰寫詩

喪鐘在為誰寫詩？
那陣清新，清新悠揚的聖樂
輕打著晚風與草青
斜陽下共舞
豔紅，且蕭瑟
守護一處神殿
或庇佑在天爵在世

村裡相處著那麼一段民謠
「他是最具智慧的長者
年輕而具智慧，領禱
這片神賜的莊園下的生命與靈魂
由生成到立命，吾等見證
由青年到老衰，無人聽聞」
彷彿刻畫成全新的文字樂符
在一座稍能平躺的石台
凹槽透著水光

那光，是一池的明鏡
在天花板上也是
在兩面牆上反映著的也是
每走一步就瞥見
更多又更多的鏡光倒影
空照著當前與今世
搖晃似燭光更似那朝潮輕靈

任季節展翅
隱然水央

這肅穆的時刻一張張椅背
貼著無人的座
不留清晰的眼亦或待訴的言
在這情境四方的牆心
沒有聖曲更不見幽魂逍遙
是該提點著世人喪生個人的年譜語錄
忘卻世代的悲痛歡愁
讓動盪的兇河流到了乾枯的盡頭
再潮濕地從裂縫中企圖聚成溪流

山後是又一座山後的夕陽
透過黑夜
傳遞給山後又是一座山後的晨曦
這陣清風爽然
那伊甸園再現
祥和的新年無須背負著
沉重的誦曲
也終結了一整個文敏終始失聲之自問：

喪鐘在為誰寫詩？

（2017年8月4日）

信鴿

窗外
鴿子喪失了送信的使命
回歸都市大廈的
大自然懷抱

我把米飯當作了內容
期待他貪婪地笨拙地吃下後
會捎到什麼地方去

或許不捎也是好事
讓妳潔白的自由象徵
掩蓋這心中囚禁的孤魂
—— ——吶喊的聲響

（2017年8月6日）

立秋

我劃下了好幾天的日子
月曆無需撕開
這年歲越感輕飄
在立秋的昨日
啟動另一端起頭
祈願不再是毛線中翻滾
我的內心平靜得唱不出一曲
歌謠的悲慟與喜樂
哪怕庫存收納了曾背負的
無盡鄉愁
對於節氣還是如舊的陌生
但這一個筆鋒砍去的日子
值得我打出了「立秋」兩字
在網路知識中化為大蜘蛛
驀然吞噬一切

（2017年8月10日）

救援——泥菩薩過江

我本非佛緣門中人
但觀比丘林中禮敬如來
楓葉下
飄零凡夫氣概

願沉浸在朦朧，眼開而生
待神遊於天境，闔眼歸去
是我那慈悲不足
何感盼那無邊法力
擁抱著這塵世偽裝成信仰的中心
以過河的絕勇，做最後的護法
以淡化的流水，收悲苦之情思
我無法普渡迷茫地眾生跨步到彼岸
僅求在卑微的愚昧的零散的鋪蓋在急流的一緩

叫能渡者，安心
非能渡者，立心

鐘響起在山林外
不見寺廟，處處皆是佛山
火浴後洗滌出舍利子何言涅槃？
莊嚴的微光即是重生
覆蓋在恆信長河，在江流

流那十二會因緣
援道於合掌

（2017年8月13日）

環島遊

我在尋覓
代表福爾摩沙的晨曦
或在曙光初現之東
在垂直的最南
在客家祖親之集合之地
亦或許在更遠的島嶼
零散在迢迢以外的想像
這些所在，
都不曾踏步
又何曾期許過起步？
如我所愛之長江可在冥思中瞻望
所敬之黃河逍遙中共遊
在黎明中開啟耕務
環繞、環繞
在清淨的禱詞中
為寶島而環繞

（2017年8月16日）

連名帶姓

那聲樂的絕響
迴旋之後再迴旋
在山澗裡
也回繞
在浪花起伏
也悠遊
在最古老的街道最肅穆的城郭
也盡其悲號且浪漫地
吟唱
我已經不必計較
這是正經八百的祭司執禮
亦或是詩人神話裡的逍遙
唯獨手上的木槳不能停止滑動
讓這陣吟跟隨漩渦
迴旋之後再迴旋
江海底下化為沉魚
掛燈枯守

（2017年8月18日）

這座城要摧毀了

這座城要摧毀了
看不見一陣風
任何一滴雨飄
看不見這街道上牆角邊影子下任何一絲的恐懼
這座城充滿了極度的安寧和來回的路人和喧鬧的車龍與商家
真的要摧毀了
摧毀的腳步無比靠近貼近
用耳語取代了叩門
在冷笑中擦拭著鮮濕漉漉的銹色寶刀
有的使者用狂笑奔走向平原處，做一個牧者
有的使者用經文誦讀福音預言，做一個牧者
有的使者用錢財換取盤纏分送，做一個牧者
逃去逃去！救一夥愚愛的使者
──逃亡還待羔羊
脫離脫離！帶一絲災難的恐懼
──覺悟遠在前方
這座城要摧毀了我親愛的自由
這信最終的地址在你展翅之間
翱翔翱翔！飛離這土地去那無限未知上空
這座城真的要摧毀了！

（2017年8月21日，修訂於2020年2月8日）

別賦吟——江郎才盡

是他將人生託付在這桿墨筆
亦或超凡的文采需要借他入世？

如果這時候
鳳依舊活在深火
遠觀其美，敬以詩辭
何必予以相碰
讓烈火嘶喊在掌？

如果這時候
是你隔閡在鄰里
似夢如幻，遙祭清酒
還是疊土作墳
奠他那長睡朦朧

五色筆鋒點來純色墨
化開了長生泉的活水
薄了石硯但厚了思愁
點灑在紙空下之天下

是您，邂逅在徘徊的絕響
恩賜了我對真理的覺悟
何怨亦何苦
何愁繼何歡
誰叫逍遙框在這片天涯下？

天聞我問！
融合大地也都捲起
闔上這藝術才氣的璽印
都送還了去！

是情不再牽掛之我幸再不朦朧
飄逸於仙境在逍遙以後
空冥不空悟在坐忘無崖
去遊去遊
遊向南冥江底宮

（2017年8月12日）

尋路

我在最熟悉的道路
失去了歸去的方向
向東，向西
去南，去北
繞了浮雲飄揚的灰色天地
四海都是闖蕩之地
獨我尋覓著，那迢迢
生成的故鄉

那一聲聲廝殺
鎧甲與戰馬嘶鳴
金鐘已哀嚎不出華麗的軍曲
而我滾在沙土橙黃
擴大著疆土的威嚴
讓先死的同夥為硯台
帶上我流下的鄉愁
寫一句史書記載

我在最熟悉的道路
看著最熟悉的場景
也不管
此地彼地隔了江海與時代
合成前生今世的虛影

化為飛鳥
季節中還巢

（2017年8月26日）

螢火蟲

這飛揚的燈火

極短而明媚

是星月以外的夜明珠

是人間的星河

照得亮不是邊地眾生

拉曳著欲戰勝黑暗之旅人

四分之一秋，或許更短

這生命不再飛揚，在天地混屯間共存

灑落在灰土

停歇在草木

吞噬在蛙腹也好

最好在知覺離身一刻帶著

光芒的驕傲

平臥在水面

這時候

期盼著這夢的殘影

投入深心底的一湖憾

（2017年10月2日）

他們都死了

在夢的平行時空
迷路
這道街口也許名叫歷史
是博物館的文物活了起來
賦予說謊和演繹的
權利

談判的工作只是最終的演出
我必須決定歷史最大的轉折
於是他們開始演說歌唱
一片一片的喧嘩聲
歌頌著
各自時代的輝煌

我走到了宮殿
帝皇批改著奏摺
后妃獨自哭著
他們偷瞄著我的路過
我看得出來

我走到了街角
歌者在歌吟
詩人在落魄
他們不知我的存在
如同這個時代

我走到了戰場
死人沒有想像的多
史官正在一筆一畫中增多
僧侶持續誦經
為人更為馬
孤魂不成軍

我走到了書院
看不見熟悉的大學者
唯獨他的門生或童子
書海中撈字

太多的事情待我觀望
太多的抉擇太難抉擇
也許沒有太多的時間與空間
撐得起一段真摯的對話

他們死了
都死了
不是朝代的沉淪
不是春秋的魂斷
他們只是在更多的憐憫或好奇之前
紛紛死去了
留下了遺憾的塵埃
剩下的舞台
由我學會代演

（2017年10月11日）

風雨之後

風雨之後
踏在悄然殘風
奠基三五個時日
過度的文明生滅
那墮入雨中的艷陽
那消散風裡的星子
那撐著破傘
用靜態的移動對抗
這蒼天咆哮
如果洗滌是重生的鍛鍊
如果喪我是永生的前奏
就讓這曲弦歌對著古老文明歌頌吧！
風雨之後
再一陣風雨之後
風雨接著風雨
吹下了一葉月曆

（2017年10月17日，修訂於2020年2月8日）

帝辛

我站在歷史的邊緣

迎接著這天下的新園地

我的軀體

不是這園地上的草的木

或鹿或羊

是灑在半空的灰燼

揚著諸侯的旌旗

是葬在灰土下的罪行

滋潤著周皇文明的光耀

在我之後你要侍奉西土明君了我兒！

在我之後這土地這文化依舊飄揚在我所看的天地

不過是名稱改了改了一個諸侯王的名稱

再怎麼改終究學不了我子氏子孫禮法的貴氣

走著一步步階梯

往上

神台上事天以「帝」之名

人子不篡天職

讓我再看一眼這片商代年華

直到烈火與淚水溶化一切⋯⋯

（2017年10月7日）

按：帝辛，商朝最後一代皇帝，姓子。周朝建立以後給予惡諡為
　「紂」。也是後來人們普遍稱呼的名號。

空望

是那瞬間的溫柔，你我
在秋風倚著塵土
對看天堂路
那時空如此
笑喪如斯
恰如枯黃的信封碎開
僅有歲月，
作彼此唯一的對話
燈火
是隔著厚玻璃廝守著空夜的光
夜蟬一次次撞擊
熾熱、衝撞的絕情
融合著這一分一秒的苦愁
死期茫茫然不由窺視
讓死寂作平生，最悠久的驪歌
讓空無作星河，最澈底的絕唱

（2017年10月29日，修訂於2020年2月8日）

給陌生人的家書

這世間充滿了親情

家醜，藏匿

如數家珍

如家譜

偶爾心癢便叫個熟悉外人

窺看，請你務必保密

解決嗎？不急

要沉穩，更要和平

你找來了法官

是叛徒，死後到別人墳地去

誰不喜歡祥和？

天國就是天使伴奏著上帝的嗓音

不會有正義的抉擇

和平為上

偽善

惟惟上

歡迎回家，希望你聽懂了

這封家書的溫馨的威脅

（2017年10月24日）

詩今

別問我會留下什麼巨作
姓氏歸於無名
在逆流
倒掛赤子的軀殼

這時代的歡唱
是詩的延伸抑或詩情的墮落？
習題上的，是詩
甲骨文上的，是詩
文字堆疊，是詩
詞句缺乏，是詩

詩今，是時代的趨勢
剪下報章的字頭
公司資料的抬頭
古書一滾打去的碎片
還有那些聽得見的文字
都收好，收好在保鮮膜內
必要時用微波煮一鍋
詩鮮羹

彼作詩兮，文雨河兮
宜其詩人，昏洋洋兮

（2017年10月28日）

如果我死了

如果我死了
這是不是庸俗的社會事件
亦或是「請別為我哭泣」的舊曲
更多的也許還是哭
一聲聲的哭
迴旋在大廳，在牆角
在每個人嘴皮子
偶爾心裡也參與了那麼幾下
記得我更忘了我
直到時代推我隱歸後台
或興致邀彼群離劇場
就在時光化為歷史的牆角
泡淡的老茶，飲盡
揮別
讓散開的軀殼蝶舞衝天
落一地秋葉蟬翼

（2017年10月29日）

黑白

從生年以來他所知道的世界
有黑，有白
灰色代表了黑白以外的空間
世人的紅綠紫藍
世人含糊不清的價值觀
他對黑深愛
對白敬仰
對灰平淡地共存
心情偶有起伏
態度一貫不變
你想知道黑的劃分
來，坐下談談
煤炭黑的樸實
枯木黑的滄桑
雲氣黑的運行
服飾黑的蕭穆
也許多年以後
你也會對白好奇
去，遠去瞻望
流水白的清境
芙蓉白的青春
雲氣白的逍遙
服飾白的滄桑

黑白之間
人生開始了也完成了

（2017年11月8日）

放逐

放逐
放逐黑夜於江流
江流帶走昨日
留下冷冰冰的當下
一浪緊接半邊浪花

這次的播種沒了期待
更少了淒清的等待
日後的播種沒有幻想
僅有精確的構想
耕著最務實的收穫
禱告在深心迴響
不留一絲口號

繼續放逐吧
自我放逐
叫繁華的城邑
市民般沉淪
一起沉淪吧
一起沉淪
光耀地活著
血流難見鮮紅

讓碎開的清玉連繫磚瓦之間
讓斷腿的使徒奔走朝代之境

空城空城
我要為這座荒蕪
建上最華麗的圍城
守護這令人驕傲的文明的終結
讓我放逐
在這飛石流沙
放逐
在這星落塵散
在無韻的詩詞
在無情的癡人
追憶
這場絕世的放逐

（2017年11月21日）

第六篇：禮拜日

禮拜日

時間為伊而生
生命因伊始終
鐘聲敲響在草坪
在碧綠的聖地
聖地是一雙禱告
讓信徒對望著默念著
對天一方的長信
眾生的歡曲頌歌

問你
挖掘著什麼型態的真相？
背叛著多少層次的掙扎？
壓制了幾次輪迴的話語？
話語給了你
恩准你背叛著真相
一切包裹在風的末端
寄往彼地
海中沉淪

（2017年11月26日）

守護

我活在真理的漩渦裡
朦朧迷茫到江底
或死在虛偽的天國裡
屹立聖潔到鄉里
於是關於正義的記載交付給人群
應當在風吹的路過
在綠水的溪流
日起月落眾星生滅
不是倒掛著羔羊書寫的血紅
不是鑲金兵刃爭奪的辯論
不是大小神明之間的對抗
或許繼續沉淪是對信仰最崇高的敬意
是人格在凡塵最後的洗滌
是活在死去的形式
最具象的祭奠

（2017年12月13日）

牧者

牧者啊牧者

你的群羊遠在何方？

是這冬季願景的假象

飄零在這方大地

盼那積雪滾動

牧者啊牧者

你歸屬的家園在何方？

是那麵包開水的親人團聚

是那敬仰聖靈的房子

抑或是這片不見群羊的大草原？

不管你信還是不信

這片草原有動人的旋律

我相信

你召喚群羊的笛聲

美若伊前生的盛季

但請你再聽聽

這天賜的音律譜不出文字

別急著找那群羊群羊必也尋覓著你

放緩急流的血脈屏息那迅雷般的心跳

聆聽聆聽

牧者，牧者

脫下人間君王的龍袍

甚至人皮或長髮

是走入窄門的孩童

領導群羊的羔羊！

牧者，牧者
你的群羊在何方？
在家的一方
牧者，牧者
你的家在何方？
在真理的一方
牧者，牧者
你的真理在何方？
真理不屬於我
在群羊的一方

（2017年12月24日　平安夜）

凌晨兩點整

凌晨兩點整，此時此刻
迴旋往返
又坐立難安
時間在掙扎
滋長著無數的
滴答滴答
在滴血的秒針
在冷酷的時針

二月後的規劃如何
明日之後的生命如何
第兩百零五
或三百一十四次
白紙上
用筆跡摧殘筆跡
用近乎一致的內容
掙扎著
迴旋往返

凌晨兩點整
又過了三分一十三秒
一步
緊接更慢的一步
彷彿針頭指著
心胸動盪的血肉

越扎越慢，越慢越痛
如今日之後的明日
永續滋長
太陽總在末世的可能
昇起

警察
醫務人員環繞著
媒體吞著唾液凝視
來來往往
表達了對陌生人的逝去
最崇高的傷痛
然後
更崇高地收起悲哀
厭煩地
回歸一份又一份的資料

於是在凌晨兩點整
十五分三十七秒以後
將鬧鐘設置在六點四十二分
在遙遠時代瞻望
在歐洋一帶路過
維護當下軀體健康的本質
不擾人亦不擾於人
一磚一瓦間
雲過風來
讓凌晨兩點整
在島上越來越小

也許已經過去
也許下次登岸
還是凌晨兩點整

（2018年1月3日）

門

這聲禱告終將歇止

在門板迴響著

走廊巡迴著

是伊細語在風的隔牆

吹不走的晨曦

帶不去的追憶

是一幕幕掀開的未來

摧殘著當下

踐踏著盛夏

不曾相逢

在人來人往的街口

不曾悼別

在人去樓空的午後

只有一封寄不出的殘箋

伴著薔薇奈何聲中

凋謝

凋謝在

人去樓空的嫣紅

人來人往的死城

走廊的迴響音落再落

門板恢復了死寂的聖職

隔閡紅塵人間

（2018年1月15日）

告別

今晚，讓我與你告別
暫且不讓東昇破壞黎明
亦不讓星輝遮掩你的豔麗
讓我們的告別
莊嚴、輕靈
又帶著探戈的舞步
左右左右左
把屬於你的群人
留下
把屬於你的歡笑
留下
把屬於我們的共有
為你獨留
我只想帶走那屬於我的舊皮箱
裝著佈滿回憶的草稿
當作日記上記載的你的名字
一遍又一遍
迴響在茂密的草地
在蟬聲在葉落
在黑夜吞噬不了的教堂
和我一起禱告
是的，我不再同你一齊為羔羊禱告
但我可以為你
留一肚穿槍的重生
救贖著，被救贖著

在這片雲天的布幕降下
緩緩隔開我們
在天涯兩方
劇終

（2018年1月23日）

無題127

伊人在深夜留下
無形的影子
如靜態的雕像
不帶餘溫的外相
在這道月光灑落的淒夜
以等待守護期待
盼著歸來的鄉愁
非離去的哀吟
這一冊一冊消散的容顏
化為文字
寫在我夢寐墳頭墓碑的
殘破歲月
這風憐憫著浪客的孤零
那寒呼喚著痴者的歸去
秒針緩緩撕下了日曆
露出了我無遮的鮮血
這鮮血有你的名字
卻不容唐突起你的惶恐
唯有轉身在灑脫當中
長笑在回頭之後
傷痕結疤在年代以終

（2018年1月27日）

題解

你真的不懂
這星夜的雜音如何撕裂人心
這交響的清喉如何殺害理智
你真的不懂，親愛
這急迫找人敘述的心思
這看著更悲苦的眾生
被話語殘殺的悲涼
也許，我當告訴你
紅塵距離天國的遙遠
不僅是窄門
或僅僅是窄門
壓縮的靈魂
我不懂
那筆尖刺入掌心的痛
那昏沉在行走的醉態
我不懂，親愛
那生命長河在何處終端
那自焚的星子何時隕落
也許，你當告訴我
世人如何獨處在群居
在四面的鏡光
看著殘軀的永生

（2018年2月1日）

逐日

太陽不往西邊去
東昇不會在明日
我竭盡了一生的力氣
灌入無際的奔跑
不管我的手
碰觸得到什麼
捕捉得到何物
我只能奔跑
只能選擇奔跑
逃離了家鄉
又遠離了一個接一個的異鄉
唯一的停歇
是喝下一江的民族水
留下萬年的傳世
而我卻不知道
或選擇忽略
那是最後一口
生命之水
當我的烙下的腳印越來越深
步伐比責任還重
當我的奔跑如同午後的漫步
視線模糊如下凡的霧霾
我知道的
我終於面向西方
看著太陽陷入我眼皮下方

也許翌日
晨曦照耀著我背上的青草與李樹
離鄉人採摘著
同鄉人聽聞著
後代人讚頌著
或許太陽從未離開西東
但我的生命無法
自主生滅

（2017年12月12日）

聖誕以後

鐘聲不再迴響百次
亦不再是盛宴終結
今晚沒有太多的言語
或記載言語的文字
無童話
無史傳
亦無眾生湧向的寬門
請留下一剎那的不知覺
讓禱告接軌所隔閡的
萬里長江
我不在大道兩旁尋找馬槽
不再追尋隱者避開的亂世
唯獨這條沒有光明的夜深人散
看得見相逢
聽得見言談
放得下禱告背後
曾有的哀愁

（2017年12月25日　聖誕節）

無題222

轉瞬間這場秋氣
落水在巷子的街角
在清冷的大地
我你我之間
隔閡的凝聚的行距

湖畔走過秋色
那倒影如年與年華
交錯的對望
似你我相逢
在溪流澈底之海奔
朦朧對看著
烙在追憶的噤聲

是夢
打散了這殘日
最後的喘息
喚起了
天地應有的死氣
用星辰奠基
由眉月主祭

又回到風和雨之間
昨日與今日之中

撑得了破舊的紙傘
鼓不起撕下日曆的決心

魂隨天涯人落魄！

（2018年2月22日）

雁飛（其二）

如隔秋後的薄雪
似日記如史書
散逸在紅塵的驪歌
才能不足創建人間詞
容我逍遙在無窮人間世
偶爾昇起
再不斷飄落在飄落
落在雨後蓮池的污泥
尋覓蓮的艷麗
落在清明前的孤憤
為送別以後的伊始祝賀
落在一個不知名的朝代
夾雜東西南北聽不清明的方言官話
敘一場瞬息京華
這秋後不去
冰雪不離
留在這篇黑夜讓黎明不昇
春夏不至
讓我在長江綿綿的圍城
送一束自由
醒一人雁飛

（2018年2月28日）

按：〈雁飛〉其一收錄於《秋的轉折》。

獻

這書契的文字少了
飛躍的紋飾
這轉角的漆黑少了
夢醒的巧遇
冬季裡頭
暗藏了多少滄桑的歡樂
包裹在希望的飄零
飄零
在今晚最淒美的月夜

這條曲折的彎路
比直接的短道更顯短程
僅在瞬息之間
向北從西
兩團不聲告別的殘影
寫進日記也好
不寫也罷
最好寫了滿滿的歡喜與惆悵
再揉成漫天彩蝶飛舞
飛舞到翅膀撐不起生命的那一刻
掙扎

這書並列在
物盡其用的使命
使命抑或不曾進入

總得歸宿
歸宿在知識的海洋
沖起一陣又一陣的藍色碎鑽
上岸
明珠屬於你
在海不絕的生命
頌歌屬於你
在嘶啞而真摯的夢境

這晚的詩篇獻給新月
看著飄雲吟唱
如不曾歸家的浪客
或捨去生命的雲氣
飄雨在風裡
水落在草叢
僅有無緣解封的短箋
留在水墨交界
殊勝地恭讀著這世紀最神聖的箴言
獻給你亦獻給這殘破的季節
留在枯黃色的飄
水藍色的流

（2018年3月5日）

無題0314

我戴著不協調的西帽
站在唐人街的廣角上
聽著群人來往穿梭
在各自的年譜當中
思考關於隱居的發展史
我能想到的是
伯夷叔齊
又或者是堯帝
我能看理解的是陶淵明
卻又渴望莊周逍遙在蝶舞當中
人來人往穿梭
在各自的生命消散裡
是一陣陣踢踏起伏的交響樂
叫我忍不住隨著風
起舞
穿著不協調的西裝大衣
跳入唐人街的中心裡
從文明到文化
亦假抑或如此真實實在！

（2018年3月14日）

消散

小時候
以為星子的隕落
是逝去的人們
長大後才知道
消翳的只有伊人
剩一夜星空

（2018年3月19日）

幻

凡塵沾染不了
清風似你的一身
歲月摧毀不了
皎月般你的重來
柔和的絲綢
倩倩的白衫
如石沙奔馳後
消逝的年華
如百浪洶湧著
亙古的相傳

（2018年3月28日）

她來了

隔著這一晃動的窗簾
我知道的
這人來到了我的世界
也許不會太久
更不值得依戀
但這短暫的纏綿
讓酒後的安眠藥與熱水澡
格外令人期待
一陣，再悄然一陣
我放下的書本
關閉的電腦
遺忘的周遭
腳步斷斷續續間
開著門希望摒除她的存在
這滿滿的文字，還她
這無私的服務，還她
這人世間一切的話語與悼語
還給了她，或都獻給了我
她來了
再來了
也許還會繼續到來
再到來
直到我醒覺該去了
又該去了
再次醒覺該去了

去那懵然未知的所在
去那夢中牽連的天國
去那她到不了，或許還是到得了的一方
淨土
至少那一天不是還能敘述創世的啟示
至少那一天還懷抱絕望背後新的期望

（2018年3月10日）

無題327

倚在窗邊
風也似地飄零
暮然是盛夏
轉眼日落昏黃
時而
咆哮雨落
也盼
墜河江底
不知季節
交替幾個輪迴
唯獨日復又是一日
看不見晨曦最初的美
為黑夜升起而悲
寒蟬隨秋葉凋零
詩人隨人世獨逝

（2018年3月27日）

雲夢

如果雲層也有夜夢
在水氣凝聚之時
在水露崩散之前
期待著那光
穿過了心田，造就了霓虹
形體撕裂之前
高掛一生的豔麗
回頭，看一身黑色的衣裳
比這寂夜還深
隨著那風一陣，一陣
吹垮了最後的防線
讓與落帶著失落
穿梭在夜間
對著閣樓薔薇作最後的凝視
這秋夢為你
這墜地
屬我

（2018年4月9日）

第七篇：廿一個夜

廿一個夜

手中的漆黃黃昏中朝陽
日落的漆黑黑夜間深鎖
廿一個，信燒字焚的日子
用灰燼當作葬身的棺槨
用聖火歡慶最後一絲的光明
來吧，共舞在這荒謬的天地
彷彿正義與真誠
都在煙灰裡逍遙
逍遙在大氣
化入了低沉的雲氣
容那萬千眾生在永恆之間
不間斷剎那再剎那的苦痛
地獄的深遠吶，為你歌頌
歌頌這人間
不止盡的哀歌
哀唱這紅塵
建立起艱辛的王國
這人間之王將日日夜夜踏著掃著
這無窮盡的殘墟
直到生命呼喚
呼喚求救的聲響
呼喚在期望，期望在生命
生命在贖罪中光明
這剎那剎那一時一刻春夏秋冬晝夜奔馳
墜在杯苦酒

解脫
勞煩，多灌入一份苦澀
在喝下以前
讓這天形地成伊始的一日
到王國隨著塵世共遭離析的當下
讓一切，撐在我舌上
孩子你靠在我背上

（2018年4月19日）

短聚

錶上停留在三點三十分
這書牆透露著屏息的腳步
叮鈴，是你
細碎地到來
抑或是風鈴在搖曳著
在孤獨的秋風裡
坐看這向北的雲氣
不僅僅在藍天
更在晨曦走向夕陽的光譜
迎那午後殘碎的雨
崩塌著短命的霓虹
最後的日子
越削越薄的日曆
最後的饗宴
越吟越遠的哀歌
為你而敲為我而頌
告別這狹小的空間
無數夢幻的沉淪

（2018年5月14日）

花落

這季節的花落未死
掙扎著其最後的嬌艷
把那路過的群人
當做觀眾
作最後的謝幕
註定被遺忘也罷
換做冷酷的悼詞也罷
在路過的風中
不隨著枯葉凋零
在這季節的末端
升華成大地的光輝
消融
在這人來人往的踐踏
永生
在這瀕死的餘光復活
那神殿不遠
那天國在側
洗滌了這齣劇終人散
逍遙在伊甸人間

（2018年5月28日）

咖啡情

那知識的空間
時代的印記
談吐的相合
墮落的失憶
讓我全捧起來磨了
細心掃去一些較輕的粉層
融入那熱水輕盈的漩渦當中
這空間這人生這大環境
都在這濃濃一杯的黑
不加方糖與蜂蜜
牛乳或奶油
就黑裸裸地告訴你一句：
這是無可取代的
是經歷滄桑的
是愛人事且好隱居的
是一個矛盾的存在
但這矛盾，無比真實
伸出手，或許相隔
在這面離別的滑板下驅動
你尋你的人生，去那夢裡一封封驚喜
我守這身價值，就地待你一步步消逝

（2018年6月7日）

孤燈

孤燈在星群裡飄揚

飄揚那微光奔走

即不會奔向殘月的光輝

亦不從黑幕墜落

謹盼，謹盼

謹盼在流水下的漣漪

讓倒影

活成了知音

親訴著

教你聆聽

聆聽那千百遍迴響的鄉音

歌頌著，反覆著

卻一浪緊接一狼的新穎容貌

沉醉，沉醉著

這迢迢遠途上

最是忘懷不了的驛站

停靠，停靠

在這冰凍血流的山川

溶成自己的骨肉，燃燒

叫悲劇當作頌歌，吟唱

血脈流水之間

焚火冰化之間

選擇在伊的嘆息之間
一扇滅絕著無憾

（2018年6月14日）

迷樓

今天不是一個相見的日子

風卻帶起了一秋重逢

選在了一座三五層樓不等的方圓

結合了二十歲前後的所在

群眾穿插在過客的焦慮

一陣一陣，喚起

那童年、少年

以及還沒定義的成年

背上一背

掌心一釘的責任

任務

一陣一陣

消散著狂歡的憧憬

靜修乃至逍遙

飛躍著，超越

家後方的山丘，視作五岳一般的山丘

起伏著

這深深一息不安

仿若響宴的群人退潮

樓層梯間空無

剩下風

和筆下的孤身

（2018年9月24日　中秋）

葬儀

他的掌心融合信仰的金屬
仰望著夕陽的飛揚
他的身畔有著救贖與審判
侍奉著泉上的白鴿
曾在樓梯踏步間
與父母走失
和真理會面
再無悔地拖著漁網和船隻
羔羊與聖靈
那瞬間
伊人在朦朧中出現
是在真理的共和
抑或消散的餐聚？
祢的考驗之三
是個數字
或降靈的呼喚
就此一生
或再來一世
將任何生靈都看不見的煎熬吞下
掌心下垂
如葉落泉河

（2018年9月17日）

床頭貓

人道書多是面牆
床頭書，牆面榻
立春風欲來
吹起貓在晨眠中
一睜眼，恍惚間
踩雲逍遙小道上
坐忘在心學
無涯入仙境
讀遍殷商以來
滅周滅秦滅漢的世代
冷眼看今世
似奇無不奇

（2018年11月10日）

彩燈

條條的彩燈引領著路
路的終點是何事的聖堂
螢火蟲般
充滿生氣
轉瞬間在宴席終結以後
凋零在歲月的無奈
學會了不再利用著這片光明
但他們的使命與苦痛似海
而我猶如深海的生物
漂浮
在漩渦逃避著另一片漩渦
在光明背後的闇黑尋覓另一章闇黑
終究這到來結合的還是傷亡而復生而戰亂而和平而欺凌
你告訴我
這值得喜悅的理由
不完整也是無妨
即是欲言又止也罷
吟吟一道哀曲
偽裝成歡樂的佳音
散佈流言

（2018年12月23日）

憶（其二）

你似一陣輕風自雷雨中來
開了門迎接卻不見蹤影
沾溼了塵封的相簿
以及停寫的筆記
那年那日
那些昨日般的歷史回顧
即乏味又值得苦中尋覓其樂趣
三三倆倆
這古老的掛鐘沉重地
把日期向前推挪
我只能任由你
似一陣輕風回歸到雷雨中去
那令人煩躁的雷雨
令人苦悶的濕氣
留下自覺矛盾的我
將日記與相簿
擦拭一番

（2019年3月11日）

冥

在這場雨後
在這次風裡
往一涯眾生的苦海
山頭往深淵殞落
在下墜的時分
在觸底的眼前
軀體面對蔚藍雲天
越拉越遠
心靈瓦解了天蓋的侷限
貼近而融合
消散而宏大
在往事的過幕
在江海的撞擊
求這一季節哀吟
沒落如絕句

（2019年1月19日）

愛江山好美人

自古你是襯托江湖的一幅畫

不私那活生生會生會燦

會消弭殘落的花卉

他愛當一方之霸

擊鼓唱誦著抉擇的苦惱

殊不知他手下的戰士不過是一尊又一尊的義肢

砍到了一片凌亂

再攏著衣衫頌歌一首

而你

你在曲終之際別無選擇

要他生為英雄死為鬼傑

用鮮血反映豪氣

用青春融入千古

別乎別乎！

狂嘯聲夾帶著鄉音

一刀到倒下一副軀殼

從生氣到安息

歷史中還有數十幾個你在前

或在後

誤了國事

抑或壞了軍紀

這是數千年來的獵巫

即便華夏之巫

罕有女子

更少見眾生苦苦追求的「美人」

傾城也好
字、車同形同軌也罷
生而為人
難死而成人
活以世人

（2019年1月27日）

恭喜恭喜

每條大街小巷
無人無車更無魂
寶島見面第一句話
不是恭喜恭喜恭喜
「恭喜恭喜恭喜你啊
恭喜恭喜恭喜你」
這些曲目
流傳在網路
回憶中播放
是大年初一
長輩請吃喜糖
這喜糖不是花生糖
不是那濃若花生醬脆如方塊酥的樣子
寶島的年糕不多
大多少了暗綠色的外衣
更沒人沾著粉
和著蕃薯痛快油炸一番

冬天一到盡頭
真是好的消息
寶島春節冬春不分
偶爾還帶著夏熱
在那深邃的街頭
只有遊子偶遇遊子
互相看了一眼

有默契地
彷彿排練過似的
微微點頭
擦肩而過
猶如斷言要和這荒謬的世界分離似的
你有你的節慶
我有我的崗位
各去各來
不相往來
是大年初一

靄靄冰雪溶解
眼看梅花吐蕊
一切都是假象
最是恭喜喝彩聲
在這個年初的季節
誰人不想改變？
在這年初的季節
誰人不想悠遊
這驛站
這機場
這段人來人往
這段結束的人潮洶湧
這未開始的人潮洶湧
加上這景點
從一方到另一方
人山人海
不知所措地歡樂

經過多少困難

經歷多少磨練

不過是沒返鄉的藉口

成長多少

不在孤立

而在成立

一百篇的短文

在二〇一七的新年

向台灣介紹了鄉土

為江土連結了寶島

人生不過是一場分崩離析的前世回憶

把遺憾重播

把大部分的喜悅抽走

剩下的一些

留來與悲慘對比

「恭喜啊恭喜

發啊發大財」

（2019年1月5日　年初一）

愚人節

今天是愚人節
我打算用玩笑取代了真摯的祝福
像是
這場晨雨是真的，洗滌是假的
這次相逢是真的，離別是假的
這曲驪歌是真的，用心是假的
我開始對行事曆上的潦草筆記困惑
這番倒數是真的，準備是假的
這桀事務是真的，解決是假的
這輪夢寐是真的，落實是假的
一切要開始於今日
今日那可惡的玩笑
一切的真，的假，的禱告
一切的生，的死，的輪迴
一切的命，的生，的希望
都要開始於今日
今日是愚人節

（2019年4月1日　愚人節）

現當代三明治

我用來自古文明的麻繩

繫在腰間

去撈那未來的井水

就是那井水

在我瞳孔的倒影流動

我的手臂便要

碰觸它的冰涼

日的光照

月的茫茫

星子閃爍降落

這繩子無法再降下

寄望只能在我手

靜待著我化為灰燼的圓夢

再讓陌路人把這軀殼

緩緩拉起

（2019年4月24日）

第八篇：
你可以不必叫我
基督徒

你可以不必叫我基督徒

你可以不必叫我基督徒
我身上的雨水比聖水還多
我沒按照信主的水洗
寧可像約拿
在魚肚子裡模仿皮諾丘
尋覓再尋覓
父親在何處？
你可以不必叫我朝夕讀經
我分不清神與人的話語
在生命流逝中的轉折
說書人
是那麼一個說書人
在病榻上敘述著福音
讓眾人從太初有道開始聆聽
你可以不必叫我禱告
我對上帝說話的方式異常地複雜
也許會讓人不高興
甚至令我自己更加不舒服
但我會虔心
虔心把話語一字一句說完
再等到塵土取代了我的軀殼
當我倆呼我是一名基督徒
我依舊不是基督徒
是在聖殿塌下的巨石滾滾
撐起一陣零碎

是暫時的絕非永恆的
你依舊可以不必叫我基督徒

（2019年5月28日）

舊新天新地

自南鄉，飄來
將鄉愁當手信
步伐添上步伐
奔波到眼前
淨土一方
這是座沒門的城牆
或是無窗的冷磚
我不信，不信
這淪為傳說的謊言
世代流傳
在塵世喧鬧著
一陣，再一陣

或許這土地
承載著革命的過往
由壯烈的屍身
撐起雄壯而婉約的傳奇
我見不著，奉父之名的聖子
抑或攜聖靈同往的使者
也聽不見那號角吹起的天籟
或是慈父歡喜的聲響
這道長堤串聯著不著形象的歷史壁畫
水洗不去日曬不傷
一筆一筆將神蹟花在筆記

折成一束溫柔
送你

悄然粉碎著一夜長歌
和自刎的投江的楚人
隔代敬酒
敬這段活水在苦世間漫流
沖掉了希望
再傳承了絕望
然後繼續活著，又死去
再活著，繼續死去
直到肉體和心靈一併安息
送你一曲哀歌
為我而唱
為你而流

自南鄉，回不去
這家園這歲月這段
這看不清的從前
還我一個回頭的機會
別讓淚水，留在腳步的跟前
猶豫了下一個踏步
讓一段詩節
遠途繼續吟著安寧
如喪鐘
自聖殿飄揚

為你而歌
為我而終

（2018年6月22日）

墓碑（其三）

我帶著墓碑
原地逍遊
上方的名字
刻寫得有始有終
如一篇蘭亭序瀟灑
似一篇逍遙遊多變
鄉音喚醒了我多次的沉睡
哀鐘輕鳴著在教堂的草地
由那陣風吹著吹
一段思鄉的眷戀
依依桑樹
落葉飄然
原地逍遊，再原地逍遊
這樣才不會忘卻
前來的方向
這方向帶領著迢迢歸處
天下地上
或天上地下
生死，在一線的內外
隔閡了歲月的苦悶

（2018年7月29日）

按：〈墓碑〉其一、其二收錄於《秋的轉折》。

歸期

只認得鐘錶伴奏著昏船
我不記得啟航的時刻
每天在風浪的殺戮中求生
在同一片海
岸上看到的同一片海
你叫我
如何要伊人走上
這奔波的船盪
這不盡天邊的未來
曾有老人走下了破船
背叛了靈魂迎向了舒坦
留我最後一個歸期的承諾
鑄成一支小小的船錨
釘在珊瑚礁的中心
淡然沉淪

（2018年8月31日）

葬儀

他的掌心融合信仰的金屬

仰望著夕陽的飛揚

他的身畔有著救贖與審判

侍奉著泉上的白鴿

曾在樓梯踏步間

與父母走失

和真理會面

再無悔地拖著漁網和船隻

羔羊與聖靈

那瞬間

伊人在朦朧中出現

是在真理的共和

抑或消散的餐聚？

祢的考驗之三

是個數字

或降靈的呼喚

就此一生

或再來一世

將任何生靈都看不見的煎熬吞下

掌心下垂

如葉落泉河

（2018年9月17日）

箴言

這是一片的森林
匿藏在霧氣的穢色中
讓人走著，走著
離著神殿忽遠忽近
猶如海面上的浮木，牽著
無法平穩地，安詳地
獲得平安
卻在浮動的，搖晃的
層浪間榮獲庇佑
與其讚頌，更得揹起受傷的羔羊
讓宰殺不是命運
讓迷失不是結局
走著，再走著
身後的羊群還是零散，稀少的
唯予內心是明瞭的
不能用齊整軍紀的方式領銜
不能用江湖風氣的悲情帶跑
予僅能在這片森林中一叢叢走著
神殿在叢林遠近
允許自己緩步在答案的尋覓下
任羔羊成為篤信的動力
最終風起葉落交替著叢林的死生
靈氣炫光一閃

在墨黑的夜空底
寫下一句箴言

（2018年10月23日）

2018公投

親愛的你揭開了千年的禁忌
在話語中
或有行動中
有限地移動在
無際的天涯
解放開來這一聲聲嘀咕
捅在你那親愛的親愛懷中
湧一泉冰涼的血水
在中國傳統的字詞當中
我們該俙之於「心寒」
心寒地活著
心寒地笑著
心寒地等候著
等著一個民主社會的慈悲
或所謂第一個亞洲民主國度的寬宏
電視上一片又一片開票的結果
甚至說
名嘴和媒體只看著其中幾個他們愛看的
群眾愛看的
語無倫次地報導
只有一小撮人
一小撮帶著冰涼的心活著的人
看著非主流媒體流放著數據
一樣地冰涼
卻無比迅速

隨著體溫降到了眼眶
想著如何在喧嘩的夜裡
寂靜地
攔下脈搏

（2018年12月2日）

按：2018年台灣進行了地方政府首長以及議員選舉，同時進行了10
　　項公投，其中包括了五項與LGBT相關的議題，結果皆不太友
　　善，但以此詩為記。

鐘聲一百

彩燈在群人的蠕動中閃爍
一蔽一開
如星子般灑滿一地淨土
如同幾千年前
天地共享喜悅
少了恐慌的人君
少了天使的安撫
多了那酗酒的狂歡的
多了那鐳光四射的
人間煙火
挨著
這群人擁擠
這音噪如雷
帶著子時過了一半
鐘聲在喧嘩中噤聲
重重大軍踏過這廢墟大道
告別失守的城堞

（2018年12月30日）

曲子只為你哀吟

行人匆匆
路燈芒茫
那十字路口的右上方
是一排的加護病房
淺綠色的服飾啊長白的袍子
如匆匆行人
天花板的燈光啊醫療設備的光
如芒茫路燈
讓這空間不知外頭是夜是晨
只知道躺臥在絕域的詩人
心裡哼著首歌
這曲子
美若人間的酸澀苦辣
釀出一罈又一罈的好酒
邀你共舞
共舞在這荒謬的世界
這世界慘無盡頭
那就祝賀這世界萬壽無疆
笛聲、琴聲、歌聲、節拍聲
一生一響託付在雨落在屋簷
莎啦滴答滴答莎啦
曲子只為你哀吟
不為我們歡頌
霧霾中看到的你
不是虛像

是昇天的解放
路燈殘殘
行人飄飄
這窗子望出去的天涯
比醫生眼鏡裡的病歷還小
去休去休
感謝這段共舞的節目
我將粉碎在詩篇的章句裡
化成蝴蝶消成灰

（2019年2月8日）

這新世界，你不在

從入夜到清晨
雨落到再落
帶著你的體溫
懷疑著今晚是否要夢至
漸漸失去了意識
到了一片新天新地
黃河的濁長江的縱
碎成一片片鹽田
民族散落在離島
歐洲的城牆倒了又起
剩下四方大國
還有拿美洲的混沌
極地的毀滅
我拿著權杖在這視角瞻望著你的存在
一秒的施捨
無從獲得
隨地踏步的草堆
被種種舊天地時不在意的事項戳傷
踩在腳底
血盆裂在心底
你不在
依舊不在
但叫我對伊人回首
這是不同的境界
你不該用空無要我苦於時態

但你不在
在太陽叫起我時
你依舊存在於
體溫的形式
我做了一場夢嗎？
山崖的絕筆非我所書
無論夢與非夢
我得帶著慈悲
完善這一擔子的石刻

（2019年5月7日）

後記

　　繼2017年《秋的轉折》後，將部分作品集結，以《兼職詩人》的形式作為第二部作品。《秋的轉折》出版時逢大學畢業，而《兼職詩》本來可成為碩士畢業的紀念。經過對作品的思考、沉澱，對時機的判定，最終還是在博士生涯第一年結束後才正式出版。

　　文學是為作者而存在，還是為了讀者而屹立？這個問題歷史用許多的例子給予了我們暗示，但最終的答案，還是每個人心裡所產生的定義。現當代文學的呈現方式有千百種，文字語言從絕對主體成了相對主體。也許琢磨文字還是從事文學者的自我要求，但往往不再是唯一的工作了。

　　曾經在競技場看著評審和入圍者在廝殺。入圍者雙手銬在後背，只能用閃避、腳踢的方式表現「自己能打，而且還能打」，儘管能入圍就註定不是用自己擅長的方式打鬥，但取得勝利唯有接受不平等的條約。大部分的入圍者都在被打得頭破血流之後，得到了封賞，少數在身體侷限的情況下依然打敗了評審，但他們的得意只是一時的。他們永遠不能再加入這場競技，甚至在這場所以外的競技場也將他們的名字高掛在警惕名單上。

　　舅父曾說過：「你最喜歡的東西，越是要當成愛好就可以了，千萬別成為職業。」這句話是有典故的，只是說服不了我。不說服歸不說服，在西裝革履的外殼中，我進出了一些場合。依著場合所需，服飾固然可以調整，可在另一個規範下，我有多元的選擇。反倒是歐美餐廳的服務生，他們每一天都在穿西裝，也許他們能更快的把三件式的西服著上，但他們是否享受，甚至了解西裝？以業餘的視角，我得到了一些啟發，雖然並沒有說服我去認同舅父所說的，但顯然其排斥性已經遠不如第一次聽到那句話的時候那麼強烈了。

　　研究所的領域是到了碩士班開始不久才決定的，以博士學位為學

習生涯的基本目標卻是初中即決定了。在一個曾經為升學制度不滿，從而希望不讀大學的「志向」開始沒多久，這一個截然相反的念頭就此產生。但其實，脾氣不好是一個性格，冷靜地規劃自己的下一步，也是一種性格。小學階段，在圖書館看的不僅是繪本小說，也看沒有註解的《唐詩》、《宋詞》、《元曲》。在家裡則閱讀《四書》（15歲後不再把《四書》視作放得上檯面的用詞）以及《老子》、《莊子》、《列子》、《史記》。

那時候的思維還是以文學視作一切的一切，每一種流傳千古的文字，都是文學作品。只是切入點不同，格式主體也就有所不同。我思考這些過去的哲人心中的文學，也看自己心中的文學長什麼樣子。如果不是有那麼一個「轉折」，也許我還是會以這個方式思考吧，頂多文本多了些，知識多了些，方向偏著多走了些。

詩集的名稱叫做《兼職詩人》，但這首詩並非我最愛的一首，也不是代表性的一首，這和《秋的轉折》中之開頭便是〈秋的轉折〉情況大有不同。詩人都是兼職了，以其命名的詩作，以兼職身分出現也不太奇怪了。裡頭有一首詩，和我最常處在的地方有關，也和老莊（特別是後者）有關。對其，我非常喜歡。如果說人生中無論學術上、學習上、理解上、想想上最能夠理解道家兩大宗師的內心，莫過於在這首詩的完成當中。

文學的重要性不必贅述，但文學的本位倒是可以簡單說一說。《詩經》、《楚辭》難懂，且不能少了小學、經學、史學等輔助能力；《論語》、《孟子》淺顯易懂，也有人視作先秦文學的一部分。這二分擁有自己的存在的必要性，也幾乎囊近了大部分的文學史當中。如何看待，經歷兩千多年以後的人們在掌握文獻的基礎上，擁有自己的話語權去詮釋。難是難在現今當下的文學，也就是所謂「近現代文學」。

曾嘗試理解這幾十年來還有機會接觸，或常在長輩同濟當中提起的「文學家」。有時候幾乎了解了，但瞬間就是拉得更遠。價值觀也

好，思考點也罷，尊重每個人詮釋文學的方式，跟風文學的方式，也重視自己心中的每一次「為什麼」，以及「如何做」。如果文學不是工作，那麼詩人寫詩也不是兼職了。這許許多多的討論空間，用留白的方式去填補，也不失為一種處理方式。

　　就以此紀念本次的作品分享。

（2020年10月15日於台中藝術街）

謝誌

　　《兼職詩人》的出版，在經歷碩士畢業、博士班入學考試、修課的過程當中，更顯得不容易。

　　感謝天父給予無限力量的支持，讓我在每一個徬徨不安的時刻，對於未來方向感到肯定與踏實。《聖經》云：「I will lift up mine eyes unto the hills, from whence cometh my help. My help cometh from the Lord, which made heaven and earth.」（《詩篇》121章第1－第2節），以此心態面對一切，也得以更加明白自己的本分與使命。

　　特此感謝溫任平老師、湯明哲前校長、張錦忠老師三位學界長輩對這拙作提出了寶貴的意見。其中的寶貴意見，是對於當下與未來投身創作的最大勉勵。溫老師自幼帶來極大的文學養成，除了過往在創作上給予的耳提面授，這次能在文字上給予作品上的看法，乃至於文學上的眼界開拓，別具意義。湯前校長在大學期間掌校東海，對於部分作品以東海為題或啟發於東海的詩集而言，更帶入了「東海人」殊勝的連結。張老師來自故鄉馬來西亞，在台灣求學之後於寶島致力於馬華文學的傳播與發展，如近年來所舉辦的多場學術活動，更讓馬華文學在華語文壇上佔了重要的一席之地。收到序文向老師致謝時，一句「sama sama」（馬來語「不客氣」）格外地親切、溫暖。

　　同時，感謝指導教授朱歧祥老師以及東海大學在課堂內外給予教導的諸位師長。朱老師重視語言的精煉，無論是在理性語言或感性語言的處理上。這不僅是自身在學術上的典範，也在日常的日記、週記以及其他類型文字的撰寫上有了很大的啟發。

　　感謝家人一直以來的關愛。後記、謝誌撰寫當下，馬來西亞疫情瀰漫，已知一年甚至兩年內不太可能回到家鄉，更是多了一份牽掛。

也不忘感謝秀威出版社的協助，讓《兼職詩人》的面世得以更加順利。

（2020年10月28日於台中東海大學）

語言文學類　PG2542　秀詩人84

兼職詩人

作　　　者／謝　顥
責任編輯／石書豪
圖文排版／蔡忠翰
封面設計／蔡瑋筠

發　行　人／宋政坤
法律顧問／毛國樑　律師
出版發行／秀威資訊科技股份有限公司
　　　　　114台北市內湖區瑞光路76巷65號1樓
　　　　　電話：+886-2-2796-3638　傳真：+886-2-2796-1377
　　　　　http://www.showwe.com.tw
劃撥帳號／19563868　戶名：秀威資訊科技股份有限公司
　　　　　讀者服務信箱：service@showwe.com.tw
展售門市／國家書店（松江門市）
　　　　　104台北市中山區松江路209號1樓
　　　　　電話：+886-2-2518-0207　傳真：+886-2-2518-0778
網路訂購／秀威網路書店：https://store.showwe.tw
　　　　　國家網路書店：https://www.govbooks.com.tw

2021年4月　BOD一版
定價：300元
版權所有　翻印必究
本書如有缺頁、破損或裝訂錯誤，請寄回更換

國家圖書館出版品預行編目

兼職詩人 / 謝顥作. -- 一版. -- 臺北市：秀威
　　資訊科技股份有限公司, 2021.04
　　　　面；　　公分. -- (語言文學類 ; PG2542) (秀
詩人 ; 84)
　　BOD版
　　ISBN 978-986-326-890-1(平裝)

851.486　　　　　　　　　　110002734

讀者回函卡

感謝您購買本書,為提升服務品質,請填妥以下資料,將讀者回函卡直接寄回或傳真本公司,收到您的寶貴意見後,我們會收藏記錄及檢討,謝謝! 如您需要了解本公司最新出版書目、購書優惠或企劃活動,歡迎您上網查詢或下載相關資料:http:// www.showwe.com.tw

您購買的書名:＿＿＿＿＿＿＿＿＿＿＿＿＿＿＿＿＿＿＿＿＿＿

出生日期:＿＿＿＿年＿＿＿＿月＿＿＿＿日

學歷:□高中 (含) 以下　　□大專　　□研究所 (含) 以上

職業:□製造業　□金融業　□資訊業　□軍警　□傳播業　□自由業
　　　□服務業　□公務員　□教職　　□學生　□家管　　□其它＿＿＿＿

購書地點:□網路書店　□實體書店　□書展　□郵購　□贈閱　□其他

您從何得知本書的消息?

　□網路書店　□實體書店　□網路搜尋　□電子報　□書訊　□雜誌

　□傳播媒體　□親友推薦　□網站推薦　□部落格　□其他＿＿＿＿＿＿

您對本書的評價:(請填代號　1.非常滿意　2.滿意　3.尚可　4.再改進)

　封面設計＿＿＿　版面編排＿＿＿　內容＿＿＿　文／譯筆＿＿＿　價格＿＿＿

讀完書後您覺得:

　□很有收穫　□有收穫　□收穫不多　□沒收穫

對我們的建議:＿＿＿＿＿＿＿＿＿＿＿＿＿＿＿＿＿＿＿＿＿＿

＿＿＿＿＿＿＿＿＿＿＿＿＿＿＿＿＿＿＿＿＿＿＿＿＿＿＿＿＿＿

＿＿＿＿＿＿＿＿＿＿＿＿＿＿＿＿＿＿＿＿＿＿＿＿＿＿＿＿＿＿

＿＿＿＿＿＿＿＿＿＿＿＿＿＿＿＿＿＿＿＿＿＿＿＿＿＿＿＿＿＿

11466
台北市內湖區瑞光路 76 巷 65 號 1 樓

秀威資訊科技股份有限公司　　　收

BOD 數位出版事業部

....

（請沿線對折寄回，謝謝！）

姓　　名：＿＿＿＿＿＿＿＿　年齡：＿＿＿＿　性別：□女　□男

郵遞區號：□□□□□

地　　址：＿＿＿＿＿＿＿＿＿＿＿＿＿＿＿＿＿＿＿

聯絡電話：(日) ＿＿＿＿＿＿＿＿　(夜) ＿＿＿＿＿＿＿＿

E - m a i l：＿＿＿＿＿＿＿＿＿＿＿＿＿＿＿＿＿＿＿